W0209108

Jacques Fieschi

Souvenirs de ma vie d'hôtel

roman

Fayard

Couverture : Hokus Pokus

ISBN : 978-2-213-72080-7
© Librairie Arthème Fayard, 2021.

À Bernard, qui m'a accueilli rue de Verneuil.
Et à Sylvie, qui m'a nourri à Lectoure.

« Il faut revenir sur ses pas, ou périr. »

Robert Graves

Je n'ai jamais aimé mon prénom. Dans ma génération déjà il était démodé et je ne crois pas qu'il soit revenu en vogue, comme d'autres, Marcel, Jules, Martin, Arthur, qui ont un côté rural, ou vieux Paname. Quand j'ai commencé à écrire j'ai voulu prendre un pseudonyme. J'en ai dressé des listes entières, mais finalement ça m'a paru ridicule. J'ai signé mes livres de mon nom.

Comme écrivain, je jouis d'une considération qui n'est pas négligeable. Une poignée de lecteurs m'est fidèle, et j'entretiens avec eux une correspondance, jadis par lettres, aujourd'hui par mails. J'ai parfois figuré sur la liste de prix littéraires mais je n'ai jamais gagné, sinon une fois, une distinction si modeste que je la laisse à son obscurité.

Pourtant j'ai creusé mon sillon, je me relis sans rougir. En tout j'ai publié une vingtaine de titres, et l'un d'eux a figuré dans les meilleures ventes de *L'Express*, plafonnant à la trente-quatrième place. J'ai eu de bonnes critiques, dont les réserves mêmes étaient éclairantes.

Évidemment je gagne ma vie plutôt mal. Malgré des études adéquates, je n'ai pas souhaité enseigner dans un lycée. J'ai fait un peu de journalisme et je participe encore aujourd'hui à des lectures, à des colloques. Comme je parle bien l'anglais je collabore à des ateliers de *creative writing* – ils s'appellent comme ça, ce n'est pas de ma faute – et je fais même des conférences dans ces mastodontes flottants, destinés aux voyageurs du troisième âge, qui voguent de Monte-Carlo à Lisbonne, jusqu'au golfe du Mexique, et qui ménagent un quota culturel aux loisirs de leurs clients. Je fais aussi des traductions pour de bons éditeurs, elles ont paru en Folio et en 10/18.

Je bénéficie d'une retraite, plutôt maigre, mais qui me sert d'appoint. Je ne mourrai pas de faim, je possède un appartement parisien de soixante-dix mètres carrés, rue de Navarre dans le cinquième arrondissement, et si un jour ma situation matérielle s'assombrit, je le vendrai et vivrai sur ce pécule jusqu'à ce que je sois rayé de la carte.

À la différence de beaucoup de mes confrères, je crois ne ressentir aucune aigreur. Parfois je me dis que j'ai eu de la chance de ne pas rencontrer un succès plus grand, comme d'autres qui le connaissent jeunes, le perdent et sombrent dans l'oubli. Dans mes moments de bonne humeur, je m'accorde le statut d'un artisan des lettres, qui avec minutie et constance, se penche sur son travail comme l'ébéniste ou le luthier sur son violon. Mes romans ne sont pas autobiographiques, pas explicitement en tout cas. C'est court souvent, peut-être un peu chiche.

Pour compléter ce bref portrait, ma santé n'est pas mauvaise, sinon ces décharges électriques qui assaillent chroniquement mes muscles lombaires, me laissant plusieurs jours immobile et bancal, comme les victimes pétrifiées de Pompéi détruite.

Je dis que je n'ai pas d'aigreur. Je veux le croire. Ayant souvent vécu seul, je n'ai pas eu grand monde à décevoir. Et je n'ai pas dû me proposer en modèle, car je n'ai jamais eu d'enfant.

C'est un peu compliqué d'accéder à ce village, qui a un nom à tiroirs, Saint-Clément-de… j'ai oublié. J'ai loué une voiture à Laval, la moins chère, le GPS ne marchait pas ou je n'ai pas su l'utiliser. J'ai mis mes lunettes de vue pour déchiffrer une carte départementale. La campagne alentour était verdoyante et banale, je n'ai croisé presque personne, quelques vaches paissaient en bord de route. Il faisait ce temps gris, aux petites éclaircies intermittentes, qu'on appelle normand.

Je suis quand même arrivé à une place principale, avec son marché couvert et son église, au moment où une petite foule pénétrait dans la nef. J'étais à l'heure.

Le cercueil de mon amie occupait l'allée centrale, près de l'autel. Une cinquantaine de personnes, je ne reconnaissais aucun visage. Comment l'aurais-je pu, je n'avais pas vu Catherine depuis près de vingt ans et son milieu familial et amical m'était inconnu. Mais nous correspondions régulièrement, avec parfois une ellipse de six mois puis notre conversation reprenait avec la même fraîcheur. Elle écrivait bien, un style net et fluide. Je me suis assis dans l'un des derniers rangs, à côté d'une femme à l'allure campagnarde, qui m'a jeté un bref coup d'œil, du genre « qui c'est celui-là ? ».

Je ne me souvenais pas que Catherine fût croyante. Le prêtre a officié, sans génie, avec une sobriété acceptable : « Notre sœur en Jésus-Christ… La douleur de ses proches… Elle cheminera toujours auprès de nous… Sa protection… Les morts nous accompagnent… Pour dire adieu à Catherine Makaruk… »

Makaruk ? Oui c'est vrai, elle a épousé ce Polonais, le rite catholique doit venir de lui. Mais Catherine est née Filippi, fille d'un OS communiste, du côté de La Ciotat.

Ça doit être lui Makaruk, ce septuagénaire effondré, en larmes, au premier rang. Un homme, la quarantaine, s'est levé, le fils probablement. Il a lu un papier, en trébuchant parfois sur les mots, en hommage à sa mère. J'ai oublié les phrases mais j'ai été saisi d'une émotion subite, avec la soudaineté d'un précipité chimique. Je comprenais que mon lien avec Catherine était rompu pour toujours, tandis que se bousculaient des images disparates de notre vie passée, de notre tour de France à vingt ans, de notre vie d'hôtel.

Le cimetière est tout près du village. J'ai suivi le groupe jusqu'à ce qui semblait être un caveau de famille. J'ai attendu et défilé avec les autres devant la fosse ouverte, j'ai fait un bref signe de croix avec le goupillon. Le ciel s'était dégagé, le soleil éclairait les tombes d'une lumière chaude.

On est revenus au village. La petite foule s'est dissociée, il y a eu quelques accolades à la famille, on saluait aussi une fille, la plus jeune enfant de Catherine, avec ses petits garçons encore en bas âge. Catherine avait autrefois des idées libertaires, à la mode des années soixante-dix, hostiles à la continuité familiale, au clan, à l'hérédité. Mais à en juger par le chagrin général, elle avait dû s'avérer bonne épouse, mère et grand-mère.

On ne prêtait pas attention à moi. Je les ai suivis jusqu'à une sorte de café-restaurant sur la grand-place du village. Un casse-croûte nous attendait, des cochonnailles, du vin blanc et rouge de qualité moyenne.

Grande lectrice, Catherine connaissait Balzac par cœur, des plus gros romans aux nouvelles et aux ébauches. Je lui envoyais mes livres. Elle répondait par des commentaires parfois encourageants, parfois blessants : « Là d'accord, j'ai marché. » Ou : « Je me sens trop proche de toi pour ne pas te dire… » Pendant ces vingt ans sans nous voir, de sa faute ou de la mienne, mes livres et ses réponses étaient comme une ligne de flottaison, des bouées nous rapprochant, du temps jamais perdu.

Ils ont rapidement vidé les bouteilles de vin, le patron en a apporté d'autres. Une étrange bonne humeur a régné dans le bistrot, celle des rescapés qui gardent la vie chevillée au corps, la mort c'est pour les autres, ça ne m'arrivera pas. Je me suis présenté à Makaruk, assis un peu ivre à une table d'hôtes. C'est lui bien sûr qui m'avait prévenu, ayant dû trouver mon adresse mail dans l'internet de Catherine. Sous la forme d'un simple faire-part : « Avons la douleur de... » Quel était son métier déjà ? Je crois ingénieur dans une usine de déchets industriels du Cotentin, quelque chose comme ça, ou alors j'invente. Il m'a fait un très bon accueil. « Ah c'est vous l'écrivain... Tellement entendu parler de vous... » etc. Ses enfants sont venus m'embrasser, me remercier de ma présence. « C'est dommage, vous auriez pu écrire, dire un texte, parler d'elle avec vos mots à vous... »

(C'est alors que j'ai eu l'idée de ce livre.)

Ils m'ont raconté les dernières semaines de Catherine – une récidive de cancer, inattendue, rapide. Elle connaissait parfaitement son état. « Et crac, c'est une vie qui s'arrête ! » a-t-elle dit. Comme cette phrase lui ressemblait beaucoup, j'ai éprouvé la même bouffée d'émotion que dans l'église, mais je ne crois pas qu'ils l'aient perçue.

Malgré leur cordialité, il y avait un soupçon diffus dans leur regard sur moi : un individu qui a connu votre femme, votre mère bien avant vous, dans une vie que vous ignorez, au début de la vie, quand tout prend corps sans encore s'accomplir, des espoirs, des promesses qui souvent ne seront pas tenues… Et cette connaissance ancienne donne à l'étranger un pouvoir qui trouble et dérange.

Ils m'ont proposé de m'héberger pour la nuit, ou de m'offrir une chambre d'hôtel dans un relais-château du coin. J'ai refusé, je devais rendre la voiture à Laval, reprendre le TGV pour Paris. Ils l'ont regretté, leur ton suggérant : « Vous devez être fatigué, vous n'êtes plus tout jeune… »

J'ai fait ce qu'ils souhaitaient, j'ai parlé de Catherine, un portrait d'elle élogieux, le plus exact possible, mais dénué d'émotion explicite, en professionnel. J'étais sur le départ quand derrière la vitre du restaurant j'ai vu arriver un homme essoufflé, du pas pressé du retardataire. Un homme de mon âge, corpulent, massif, donnant plutôt une impression de force que d'empâtement. Des sourcils épais, toujours noirs, quand les cheveux étaient poivre et sel.

Il m'a vu derrière la vitre, et lui m'a reconnu tout de suite. Il m'a appelé :

– René !

Il a crié mon nom mais le son de sa voix s'est atténué à cause de la paroi vitrée, comme étouffé par le rempart des années.

– René !

Oui, je m'appelle René. René Scheidegger. C'est un nom assez courant dans le canton de Berne. Je suis né suisse mais ma mère est française, ce qui me permet de jouir des deux nationalités. J'ai grandi à Lausanne, pas dans une villa cossue en bord de lac, mais dans une banlieue proche, aux Résidences Edelweiss, HLM amélioré, composé de cinq immeubles en quinconce, avec un terrain de jeu pour les enfants, où je suis allé rarement. Mais on n'est jamais vraiment pauvre en Suisse.

Mon père était donc un Bernois, je l'ai très peu connu. Il était photographe itinérant. À l'époque on allait dans les maisons, dans les familles, on photographiait des bébés, des enfants, des fiancés, des époux. Ils étaient plusieurs à sillonner la Suisse, ramenant ensuite leur butin à une maison-mère où les tirages étaient imprimés, puis coloriés. Des tons pastel, donnant à ces portraits un aspect douçâtre et kitsch, comme sur les boîtes de pâtes de fruits ou de gaufrettes. Le procédé avait eu un grand succès mais il s'émoussait à présent. Mon père était toujours en partance pour la Chaux-de-Fonds, Bienne ou Zurich. À force de partir, un jour il n'est pas revenu.

Nous avons appris plus tard qu'il avait une autre famille en Suisse alémanique, dans un patelin dont j'ai oublié le nom. J'ai donc des demi-sœurs et demi-frères que je n'ai jamais vus. On nous a informés de son décès bien après la date.

Ma mère n'a guère souffert du départ de son mari. Peu lui importait : elle avait un compagnon, son fils. J'étais sa proie.

Elle enseignait l'anglais dans un collège, avec une haute idée des valeurs pédagogiques, heureuse de mes succès scolaires.

– Tu écris bien, me disait-elle, tu vivras de ta plume.

Sa prédiction s'est presque accomplie. Je l'aimais d'un amour passionné jusqu'au moment où j'ai découvert ses limites, une certaine étroitesse de vue, des préjugés politiques, et le côté un peu morbide de notre couple. J'avais quinze ans. Mais je ne me suis jamais opposé à elle frontalement, je l'ai toujours ménagée, et je ne crois pas qu'elle ait perçu qu'elle était moins aimée. Dès lors j'ai décidé de la quitter.

Ma mère vit toujours, elle a plus de quatre-vingt-dix ans. Je vais la voir à Ouchy une fois par mois dans une institution abritant des retraités de l'Éducation nationale. Mais elle n'est plus elle-même, elle me reconnaît rarement.

– Tu as quelque chose de ton frère John, m'a-t-elle dit récemment.

Quelle âme a pris possession de la sienne ? Ne sommes-nous pas tous guettés par l'invasion d'une autre parole, née d'un chaos universel, où les noms d'inconnus appelés John viendront à nos lèvres ?

Je ne m'ennuie pas quand je suis avec elle, je peux rester là sans parler, à la regarder assise près de la fenêtre donnant sur le parc, isolée dans sa songerie, dans un contrejour qui sied à son beau visage sévère. Elle n'identifie plus le seul être qu'elle ait aimé, mais je suis heureux qu'elle soit en vie.

En raison de mes bons résultats, j'ai bénéficié d'une bourse d'études en France et me suis retrouvé à Paris, à la Cité universitaire du boulevard Jourdan. J'avais dix-neuf ans. Je fréquentais la Sorbonne en licence, plus quelques heures en auditeur libre à l'École du Louvre, rien d'exténuant. Malgré mon vieux prénom et mon patronyme boche, je me suis très vite accointé à Paris, ne m'y suis jamais senti étranger ou provincial, l'histoire de la ville, sa langue et sa culture sont devenues mon pays. J'étais libre ou je croyais l'être, de mes mouvements, de mes pensées. Pas de mes désirs. J'étais mal habillé, de gros pulls tricotés, de chaussettes trop courtes. Je me revois posant un plateau de nourriture immangeable sur une table de bois clair du resto U.

Il y avait un miroir mural dans ma chambre. Un soir je me suis déshabillé et soudain face à moi il existait un corps, le mien. Je ne l'avais jamais regardé jusque-là, même en me lavant. J'avais visité peu avant le musée Rodin et j'ai reproduit instinctivement la pose du jeune homme figurant *L'Âge d'airain*, un peu déhanché, le bras levé et replié, la main sur le front, dans une harmonie douloureuse, la douleur d'Adam chassé du paradis.

Il est entré dans l'auberge et il a marché vers moi.

– Toi tu ne me reconnais pas.

Ça se précisait vite : les sourcils, le teint mat, un peu bistre, la voix plus rocailleuse aujourd'hui.

– Mais si.

– Non, tu ne me reconnais pas. Qui je suis ?

– Tu es Jean-Mi.

Il a ri :

– Non Jean-Mi c'est fini, on ne m'appelle plus comme ça, j'ai plus l'âge.

– Comment faut-il t'appeler ?

– Jean-Michel. René, merde, ça fait combien de temps ? Tu n'as pas changé, tu es svelte comme un jeune homme.

J'avais longtemps pensé à lui au fil des années, sans pour autant lui faire signe. Et puis l'image s'était dissipée, le tiroir s'était refermé.

Il est allé saluer la famille. Lui aussi avait reçu le mail de faire-part. Il avait tenu à se déplacer. Du sud de la France, d'où son retard, un train intercités, un autobus à Laval. Il ne devait pas rouler sur l'or. Il portait un pull-over marin, des pantalons un peu trop serrés – j'ai pensé : « il a un gros derrière » –, un blouson d'aviateur.

Il a monopolisé une bouteille de vin rouge et en a vidé plusieurs verres. Il faisait alentour l'éloge de Catherine, des banalités : « Elle était gentille… Et intelligente ! » Donc ils se voyaient, se fréquentaient. Pourquoi ne m'en avait-elle rien dit ?

– Merci d'être venu monsieur Maillard, lui a dit Makaruk.

– J'aurais pas pu ne pas venir.

Il s'est tourné vers moi :

– On en a eu des aventures avec elle et René. Hein, on était une bonne équipe, un vrai trio rythmique…

Une expression qu'il n'aurait peut-être pas utilisée s'il avait été plus sobre. Elle a heurté Makaruk et la famille. Un sourire m'a échappé. Pas un sourire amusé ou attendri, plutôt un déclic immaîtrisé, comme si on avait brusquement allumé l'électricité dans une cave obscure.

J'ai dit que j'allais partir. Ils ont encore insisté, j'ai encore refusé. Jean-Mi restait là, hésitant, essayant de capter mon regard.

– Si tu es en voiture, tu peux me ramener à Laval ?

J'ai répondu oui, avec en moi un mouvement contradictoire, de refus et d'attraction.

La fille de Catherine m'a à nouveau embrassé. Nous sommes montés dans la voiture et j'ai vu dans le rétroviseur cette famille s'éloigner puis disparaître, comme une noce éteinte.

Nous avons traversé le même paysage rural, les mêmes pacages, les mêmes vaches. L'ex-Jean-Mi somnolait, cuvait son vin rouge. Il s'est réveillé pour me demander de m'arrêter un instant.

– Question de prostate, a-t-il dit avec une expression d'excuse complice, comme si à ce point de nos vies, nos déficiences étaient forcément semblables.

Il est allé un peu plus loin pisser en plein vent. Mais le jet paraissait assez dru. Quand il est revenu, il a voulu prendre le volant.

– C'est impossible, la voiture est à mon nom, l'assurance si…

– On s'en fout. Les flics n'emmerdent pas les gens de notre âge.

J'ai démarré et il n'a pas insisté.

– C'est bon, roule ma poule, a-t-il dit comme si c'était lui qui cédait à mon caprice.

J'ai rendu la voiture à l'agence qui fermait. À la gare de Laval, nous avons appris que le train était annulé, « un incident voyageur » – quelque chose comme ça. Pour Paris c'était le dernier ou bien il fallait faire des changements interminables. Jean-Mi me regardait, un peu goguenard, jouant les gros chiens patauds, l'air de : « Qu'est-ce que tu vas faire de moi maintenant ? »

Nous sommes allés à l'hôtel Mercure. Complet, à cause d'un congrès de dentistes. Il n'y avait aucune chambre disponible, nulle part dans la ville. Des nuées de dentistes s'y étaient abattues.

– Ah si, a dit le réceptionniste, il y a eu une annulation, il nous reste une grande chambre, pour deux personnes.

– On la prend, a dit vivement Jean-Mi.

– Mais c'est un grand lit double, messieurs.

– Qu'est-ce que ça peut faire, pour une nuit ?

Il était déjà tard et en province, si on veut dîner après neuf heures du soir, on vous regarde scandalisé. On a trouvé un bistrot qui proposait une nourriture du Sud-Ouest, cassoulet, saucisses, magret de canard... Jean-Mi a commandé une bouteille de cahors et en a bu les trois quarts. Puis il a demandé un vieil armagnac.

– Moi je te suis, je sais ce que tu fais. Je lis pas tes livres, je lis pas grand-chose, je suis qu'un pauvre homme inculte, à part *L'Équipe* et un ou deux policiers. Mais je sais que tu es respecté, Catherine me l'a dit.

– Mais... vous vous voyiez, souvent ?

– Oui...

J'attendais la suite.

– On s'est toujours vus au fil des années. Comme elle aimait la peinture, elle allait visiter un musée dans une ville quelconque, je la rejoignais. Quand elle sortait du musée, on se faisait un peu plaisir dans une chambre d'hôtel, à Montpellier, à Avignon, à Lyon… Ça te surprend ce que je te dis ?

– Oui, un peu.

– Et ça te fait de la peine ?

– Non, pourquoi ?

– Tu as vu le mari. Brave homme mais enfin c'est pas Alain Delon. Elle s'ennuyait, je la faisais un peu rire. Elle était heureuse, je la sortais de sa routine…

L'image de cet homme et cette femme vieillissants s'accouplant dans une chambre d'hôtel, entre deux trains, dans les étapes d'un pseudo-parcours culturel, créait en moi un certain malaise.

– Eh bien figure-toi que tu nous manquais !

J'ai haussé les épaules. Le patron s'impatientait. J'ai réglé l'addition, Jean-Mi n'a pas bougé. On est revenus au Mercure dans le centre-ville désert.

– Vous êtes là pour le congrès, messieurs ? a demandé le veilleur de nuit.

– Ah non pas du tout, a répondu Jean-Mi, jovial. J'aime pas les dentistes, ils m'ont massacré.

Nous avons pris possession de la chambre, confortable et anonyme. Il a regardé par la fenêtre les rues mortes.

– Tu crois qu'on y est venus dans cette ville ?

– Je ne me souviens pas.

Nous n'avions pas d'affaires de rechange, ni d'objets de toilette. Nous avons utilisé le gel-douche de la baignoire. Il est sorti de la salle de bains en débardeur et en slip. Cette même impression de puissance. Il avait du ventre, mais tout son corps était ramassé, massif, musclé des mollets aux fessiers, aux biceps.

– Tu fais encore beaucoup de sport.

– Un peu d'entretien. J'ai un bateau à La Napoule. Les cordages, ça fait les bras.

Il a soigneusement plié son pantalon, l'a posé sur le dossier d'un fauteuil. Toujours en petite tenue, les cheveux humides de la douche, il s'ébrouait dans la pièce, pas mécontent d'exhiber ses beaux restes. Il a fait quinze pompes sur la moquette. Devant cette santé mûrissante, j'avais l'air anémique. Je lui ai demandé quelle avait été sa vie. Marié ?

– Non. Mais j'ai un fils. Un fils qui déteste son père, qui me méprise. Pourtant il n'a jamais manqué de rien. Il a une belle situation, il vit en Californie, il travaille chez Microsoft.

Professionnellement, la carrière de Jean-Mi n'avait pas été brillante. « Mille métiers, mille misères », disait ma mère. Coach d'une équipe de ping-pong à La Réunion, agent immobilier à son retour en France, ouvrant puis fermant un cabinet de voyance sur la Côte d'Azur. À présent il avait ce bateau qu'il louait parfois. À vrai dire il y habitait. Il était trop vieux pour être marin sur un yacht, mais il s'y connaissait en mécanique, il pouvait « dépatouiller » des moteurs avariés. Et puis le poker.

– Mais récemment j'ai perdu la main. Je vais me faire interdire de casino. Tu me vois comme un raté hein ? J'en suis un.

– Ce n'est pas un critère pour moi.

Il s'est allongé sur le lit double, le corps abandonné, sa position accentuant « ma brioche ». Je retrouvais les sourcils broussailleux et noirs et les cils que j'avais oubliés, étonnamment fournis pour un homme. J'ai dit :

– Tu sais… je me demande ce que nous foutons là.

– Moi non. Je savais. Je savais, j'étais sûr que tu viendrais aux obsèques de notre pauvre Catherine. C'est pour ça aussi que je suis venu, pour te voir. Mais toi, c'est normal, tu m'avais oublié.

Je n'ai pas dit le contraire.

– C'est de toi qu'elle était amoureuse René.

– Ne parle plus maintenant. On va dormir.

Il m'a obéi, avec un visage d'enfant docile. Avant de s'assoupir, il a encore dit :

– Je n'ai pas un rond, je ne peux pas payer la chambre. Mais je ne suis pas venu pour te taper. Je sais que tu n'es pas un homme riche…

Les dernières syllabes se sont perdues dans le sommeil. J'ai éteint la lumière. Il était là, dans la pénombre, à un mètre de moi, comme un lion de mer échoué sur une grève.

Je n'ai dormi que tard. Jean-Mi ne ronflait pas mais émettait de petits sifflements, une ou deux flatulences. Muet à présent, ce corps obtus m'interrogeait encore, s'éboulait de mon passé, sans que je puisse arrêter ses questions.

Après ma nuit de *L'Âge d'airain*, ma vie a changé. Je me suis mis à me plaire. Je suis devenu le contemporain de mon époque, la fin des années soixante. J'ai laissé pousser mes cheveux façon minet, j'ai économisé pour acheter des shetlands sans coutures. J'ai rêvé de mocassins Weston à boucle dans leur vitrine des Champs-Élysées. Entre deux lectures sérieuses, j'ai écouté *SLC Salut les copains* – j'entends encore le *jingle* –, dansé le jerk, et le samedi fréquenté le Bus Palladium, rue Fontaine. Avec un groupe universitaire, j'ai passé quelques jours en Angleterre. J'ai erré Carnaby Street sans livres sterling, et j'ai quand même rapporté *Revolver*, le 33-tours des Beatles, qui ne sortait en France qu'un mois plus tard.

Je continuais d'aller à la Sorbonne, la faiblesse de l'enseignement y justifiant tous les dilettantismes. Quoi de plus oisif, de plus stagnant, qu'un étudiant en lettres préparant mollement ses certificats de licence ?

C'est dans l'amphithéâtre Richelieu que j'ai rencontré ce vilain petit canard, Catherine Filippi. Elle prenait des notes dans un classeur surchargé de ratures et de dessins charbonneux, fleurs d'inattention et d'ennui. Elle était plus singulière que jolie, encore proche de l'enfance, comme une ébauche qu'on n'a pas affermie en dessin. On se souriait de loin.

Un jour, désargentée, elle me demanda, ou était-ce un prétexte ? si je voulais co-acheter avec elle des polycopiés de littérature comparée. L'idée fut vite abandonnée mais nous avons commencé à sortir ensemble, repas chiches, cafés noirs, cinéma rue Champollion et pour les films américains, l'Action Lafayette rue Buffault. Elle me montra des poèmes qu'elle avait écrits, honorables mais dans la manière d'Éluard que je détestais.

Puis le fracas de Mai 68 nous est tombé sur la tête. En une journée Catherine devint une passionaria prête à tous les coups de poing, à tous les pavés révélant ou non une plage. J'étais beaucoup plus tiède, quoique encouragé au téléphone par ma mère, vieille militante socialiste. La doxa gauchiste, je la trouvais pesante : on n'avait pas le droit de lire un roman, de voir un film de Truffaut, tout était bourgeois et réac. L'élan magnifique de la jeunesse d'alors me laissait froid, étais-je déjà vieux ? Flics et étudiants rivalisaient de violence. Je me souviens d'une aube boulevard Saint-Michel devenu terre battue.

Cette fracture nous sépara Catherine et moi. Mais à la rentrée suivante, la séduction opéra à nouveau, avivée de quelques engueulades idéologiques. J'entrepris de la rendre plus présentable. Elle avait des cheveux noirs trop fins, trop longs, je les fis couper au carré. Elle épila ses sourcils, maquilla ses lèvres en rouge vif. Pas encore belle, mais sa jeunesse lui tenait lieu de viatique. Elle avait des attaches fines, des bras blancs et frêles, des nerfs solides.

Surtout elle était insolente, acide même et n'avait peur de rien, encouragée par les subversions de l'époque. J'étais plus lâche.

Malgré notre intimité, nous étions étrangement discrets sur notre vie intime. Elle n'était plus vierge mais ce n'était pas un bon souvenir, elle s'était refermée. J'étais encore plus en retard, et si loin de moi-même. Un soir où nous étions un peu ivres, nous nous sommes embrassés avec une fougue maladroite, des mouvements de langue désordonnés et sans suite. Nous n'étions pas amants et pourtant nous formions un couple.

Nos prétentions sociales ne cessant de croître malgré nos poches vides, nous avons quitté l'Écritoire place de la Sorbonne pour le café de Flore. Nous voyions passer des couturiers, des écrivains, des actrices connues. Les prix étant pour nous exorbitants, nous calculions nos consommations au centime près. Il y avait encore un œuf dur à la carte, et les garçons nous regardaient avec dédain compter nos piécettes. Et puis un jour il nous a parlé.

– Laissez, c'est pour moi.

Il était assis à la table à côté de la nôtre, buvant un Campari. Il portait un blouson de daim, un foulard aux impressions cachemire. Entre trente-cinq et quarante ans, un visage fin et rusé – un fennec –, des mèches blondies par le soleil ou artificiellement. Nous l'avons remercié et lui avons dit que nous étions étudiants. Oui, il était passé par là, mais la dèche à vingt ans, c'est la moindre des choses, un joli folklore. Il nous regardait avec attention, comme s'il nous jaugeait avec un préjugé déjà favorable.

– Si vous avez besoin d'argent, j'ai peut-être quelque chose à vous proposer. C'est un peu tôt pour en parler, je serais heureux de vous revoir.

Il s'est levé et nous a tendu une carte de visite :

Willy Michels

La Grange aux Chouettes

par Orgeval, Oise

Et un numéro de téléphone, que j'ai longtemps su par cœur mais que j'ai oublié.

Nous l'avons suivi du regard, il est monté dans une voiture garée un peu plus loin sur le boulevard Saint-Germain. C'était une Porsche gris métallisé, décapotable, mais comme il avait plu, la bâche était ramenée sur l'habitacle.

C'est Catherine qui a appelé, après des hésitations et des débats :

– Il nous a quand même invités.

– Deux cafés et un œuf dur...

– C'est qui ce type tu crois, un pervers, un mythomane ?

Il nous a donné rendez-vous au Flore, à l'étage cette fois. Il était assis avec deux jeunes gens de notre âge, un garçon et une fille, qu'il nous a présentés : Lionel et Anne, leurs patronymes m'échappent.

Willy Michels nous regardait avec une insistance magnétique, l'un après l'autre.

– C'est bien, c'est très bien... Peut-être Anne que ta coiffure...

D'une voix égale et suave, il nous a demandé nos cartes d'étudiants.

– Vous êtes flic ? a risqué Catherine, toujours son ton frondeur.

– Pas du tout. Je sais, ça a l'air indiscret. Je veux seulement être sûr de vous comme vous serez sûrs de moi.

Il a examiné nos cartes, les photos, les dates, avec minutie, et nous les a rendues en souriant.

– Parfait.

Nous n'avons pas tout à fait compris ce qu'il nous proposait. Il s'agissait de sillonner la France, d'une ville à l'autre, et de demander à certains autochtones, plutôt des bourgeois nantis, de contracter des abonnements à certains magazines, *Paris Match*, *Jours de France*, *L'Express, Le Nouvel Observateur*, un choix éclectique. Le prix de l'abonnement était un peu plus élevé, la différence allant à une association d'étudiants en difficulté, afin qu'ils puissent plus confortablement poursuivre leur parcours universitaire. Ce bonus était laissé à la discrétion, à la générosité du nouvel abonné. Bien sûr il fallait se présenter au mieux, physique agréable, look moderne sans être agressif, courtoisie.

Willy Michels s'occuperait de collecter les chèques obtenus, centraliserait le tout, assurerait le routage et l'envoi des magazines. Sur chaque opération, nous serions scrupuleusement payés au pourcentage.

Nous essayions de donner un sens à ce tissu d'informations encore complexes. Mais cette musique nouvelle nous enveloppait, nous tenait sous le charme.

– Réfléchissez, vous pourriez commencer la semaine prochaine. À votre âge, on n'a pas trop d'attaches, on peut partir quand on veut.

Il fumait des blondes, des Lucky Strike sans filtre.

– La cigarette du bonheur, dit-il en retirant de sa langue une particule de tabac.

Il a payé une tournée d'apéritifs, lui fidèle à son Campari, des gin-tonics pour Catherine et moi, les deux autres se contentant de jus de fruits. Puis il a regardé sa montre, il était sur le départ.

– J'attendais un autre jeune homme, mais je crois qu'il nous a posé un lapin.

C'est alors que le retardataire a surgi. Les sourcils épais, les épaules puissantes, une démarche de pack de rugby. Il ne s'est pas excusé, il s'est présenté à nous :

– Maillard. Jean-Mi.

Quand je me suis réveillé après cette courte nuit, j'étais seul dans la chambre de l'hôtel Mercure. Je suis descendu dans le hall, où des groupes d'hommes – les dentistes – étaient déjà en partance, certains s'embarquant dans des minibus. Dans la salle du petit déjeuner, il en restait encore beaucoup, de tous âges, se parlant à peine, hypnotisés par l'écran de leur ordinateur, ou l'index coulissant sans cesse sur celui de leur portable. Une télévision murale débitait les news en français et en anglais. J'ai trouvé Jean-Mi attablé près du buffet, où il s'était largement servi, croissants, œufs brouillés, jambon, fromages.

– Je n'ai pas fait de bruit ? Tu dormais comme un bébé.

Il a désigné les grappes de dentistes :

– Regarde-les. Ils ont tous des femmes et des enfants qu'ils vont retrouver ce soir. Tu penses qu'ils sont mieux lotis que nous ?

– Non.

– Moi non plus. Je ne les envie pas du tout. Vive la liberté.

Il parlait comme s'il avait la vie devant lui.

Quand j'ai payé la note, Jean-Mi a baissé les yeux, regardé ailleurs. À la gare, j'ai tiré deux cents euros au distributeur bancaire, je lui ai tendu les coupures, il a d'abord refusé, alors je les ai fourrées d'autorité dans sa poche.

Ils m'appauvrissaient pourtant, ces deux cents euros. Ça voulait dire que je me priverais d'un ou deux repas au restaurant. J'aime déjeuner ou dîner seul. Je ne m'ennuie pas, je lis, je prends des notes sur un carnet. Je suis un épieur, un voyeur. Je regarde la vie des autres, comme si la mienne était finie.

– Merci vieux, ça me dépanne.

Il a regardé le tableau des départs, évalué les correspondances, par Lyon, jusqu'à la Côte d'Azur.

– Ça va me prendre la journée.

Il semblait indécis, attendant que je lui propose de venir avec moi à Paris. Et j'ai dû résister au désir de lui dire viens. Un instinct de défense s'est mis en place, comme extérieur à moi. Il m'aurait encombré, ce corps trop copieux, trop lourd, il aurait contrarié ma solitude, envahi mon paysage sec.

– Tu penses de temps en temps à notre tour de France ? m'a-t-il demandé.

Mais si je voulais relater ce que j'avais vécu avec Catherine et lui, il fallait que je m'en tienne à ma propre mémoire. Sa voix la racontant à sa manière, peut-être à ma place, aurait brouillé la pureté du récit.

Mon train partait après le sien. Je l'ai vu s'éloigner sur le quai, cherchant son wagon de seconde. Il y est monté, muni de sa carte senior, et le pouce levé, m'a fait un signe d'adieu.

Je ne sais pas trop comment raconter nos périples, j'ai une idée vague des dates, j'ai oublié la chronologie de nos déplacements, de nos errances. Ils se chevauchent, se brochent les uns aux autres. Quels trains roulaient à l'époque ? Train bleu, Train vert, Arverne, Capitole… Il y avait encore des tickets de quai, des wagons-lits, des wagons-restaurants avec un service à table, des nappes blanches et des couverts. Les trajets étaient beaucoup plus longs. Pas de portable, pas de mail, on n'avait pas encore créé ce harcèlement perpétuel, ce flicage consenti qui repère la personne – le fugueur, le suspect – à distance, où qu'elle soit, en permanence. Il y avait des cabines téléphoniques à pièces, des télégrammes, et de longs moments de supposition et d'attente dans les relations humaines. Aujourd'hui que nous vivons dans une société d'extrême technologie, cette époque m'apparaît dans une sorte d'innocence artisanale.

Nous étions itinérants quinze jours par mois, voyageant en seconde et mangeant des sandwichs. Parfois Willy nous rejoignait en Porsche dans la ville choisie pour étape, afin de déterminer le programme, établir la liste des gens à solliciter. Il ne voulait pas abuser de la Porsche, qui avait cent cinquante mille bornes au compteur. Un jour Jean-Mi, le seul à avoir son permis de conduire, l'a empruntée et est revenu un peu trop tard. Pour la première fois, le fin visage de fennec est apparu déformé par la colère.

Nous avons peu travaillé avec Lionel et Anne qui vivaient en couple, et qui sillonnaient plutôt l'est de la France. Pour nous, il y a eu La Rochelle, Bordeaux, Tours, Dijon, Cannes, de ces villes je suis sûr, mais aussi d'autres de plus petite importance. Cela s'apparentait au porte-à-porte. (Un peu comme mon géniteur suisse, avec ses photos coloriées.)

Nous sonnions sans être annoncés à un domicile ou un lieu de travail. Nous nous présentions chez des notables, avocats, commerçants, industriels, médecins... Parfois nous étions reçus fraîchement, la porte à peine entrebâillée, et rapidement éconduits. Mais souvent notre bonne mine, nos frimousses avenantes emportaient le morceau. On pouvait compter sur l'ennui provincial et le désœuvrement des épouses. On nous proposait à boire, et même on nous invitait à dîner.

Nous avions chacun un emploi : Jean-Mi fournissait la faconde nécessaire à un premier contact. Moi j'étayais les propositions de considérations culturelles sur le magazine choisi, m'adaptant intuitivement à la personnalité de chacun, à sa sensibilité politique. Catherine veillait à la signature des chèques, à la collecte du cash, à la bonne tenue générale de la trésorerie.

Willy lui n'apparaissait jamais devant les… quoi ? Les clients ? Les souscriptions se faisaient sur du papier à en-tête portant le sigle du journal, d'où se détachait un coupon servant de référence et de garantie. Nous n'opérions qu'une seule fois dans chaque ville.

La carte d'étudiant de Jean-Mi était étrange, rafistolée. Fausse. Avait-il même le bac ? Il affirmait que oui, mais c'était improbable. À nos questions il opposait :

– Ça suffit de deux intellos dans la famille. On peut être un type très bien sans diplôme.

J'aimais notre vie d'hôtel. Nous logions dans des établissements de deuxième ou troisième catégorie, choisis par Willy à l'étiage des tarifs, où souvent les douches et les toilettes étaient sur le palier. Nous partagions à trois la chambre et dormions au hasard des lits. C'était Catherine qui réglait l'intendance.

Elle et moi étions pudiques. Jean-Mi rôdait toujours en slip, genre moule-bite, parfois à impressions fantaisie, d'un goût discutable. Très soigné de sa personne, il était fier d'une trousse en cuir épais, contenant une lime à ongles, de petits ciseaux, un rasoir électrique.

– Cadeau d'un admirateur !

Il était près de moi, tous les jours, dans mes yeux, dans mes jambes. Je n'avais jamais vu un corps sculpté. Il me parlait avec un ton protecteur :

– Comment il va le petit Suisse ? avec une voix traînante, mimant l'accent helvétique.

Le périmètre de la chambre était devenu notre terrain de jeu. Catherine et moi bouquinions, tandis que Jean-Mi consultait des journaux de turf, écoutait des pronostics à la radio, sirotant parfois une fiole de whisky de Prisunic, et se précipitant à la réception pour téléphoner, parier quelques francs et les perdre avec bonne humeur.

Un jour il était rentré triste. Il avait appris par hasard la mort de sa grand-mère, un décès survenu plusieurs semaines auparavant, et dont on n'avait pas jugé bon de l'informer. Elle l'avait élevé semblait-il.

– Elle cognait, mais jamais pour rien.

Autrement il n'évoquait jamais ses origines, ses parents, sa famille.

– Lâche-moi avec ça s'te plaît.

Quand nous étions sans lui, Catherine me disait :

– Qu’est-ce que tu lui trouves ? Il n’est pas méchant mais c’est un plouc, un bourrin. Il ne s’intéresse à rien. Je l’aime bien mais il est lourd, il me pèse. On ne l’aurait jamais fréquenté si…

(Je transcris en brodant sans doute.)

– Sans lui on n’y arriverait pas. Tu nous vois seuls sonnant aux portes ?

– Pourquoi pas ? Moi je considère ça comme une étude sociologique. Peut-être que toi oui, mais je n’avais jamais été chez des notables, des bourges, c’est intéressant de les examiner un peu comme des insectes, tout en leur racontant nos salades.

– C’est peut-être nous les insectes.

– Ce qui est bien c’est qu’on est ensemble tout le temps. À Paris on se verrait moins. Tu ne t’ennuies pas avec moi ?

– Tu sais bien que non.

– Mais tu as remarqué, il y a des choses dont on ne parle jamais. Tu sais René, je peux tout entendre.

La femme qui s’exprimait avec cette douceur n’est plus. Mais je suis son témoin.

Quand nous retrouvions Willy, il nous distribuait nos émoluments, généralement maigres. Un simple argent de poche, les billets de train et les nuitées d’hôtel étant payés d’avance. Quand on avait de bons résultats, il nous invitait à dîner, toujours en dehors de la ville.

Je me souviens d'avoir fait bombance à la Botte d'Asperges, un restaurant gastronomique près de Tours. Willy était venu avec une grande fille sculpturale, nommée Lina, à peine plus âgée que nous, elle serait volontiers restée en notre compagnie. Mais la Porsche l'emporta et nous ne la revîmes plus.

– Celle-là si je la trouvais dans mon hamac, j'irais pas dormir à la cuisine, a conclu Jean-Mi.

Nous sommes rentrés à Tours à pied, à travers champs, sous la lune.

Combien de temps a duré cette vie ? Un an, un an et demi, avec des ellipses, des blancs, des oublis. C'était quel mois de quelle année ? C'était il y a…

Aujourd'hui je n'entre pas par la porte dans ces hôtels d'autrefois, par une fenêtre plutôt, par effraction, et pourtant ces chambres je les habite à nouveau. Un éclairage cru arrive sur un visage, dans une fraction de miroir. J'entends une voix, un rire, un pronostic de turf à la radio, « le prix de Diane à Chantilly », le grésillement d'un rasoir électrique.

Pendant mon voyage de retour à Paris, j'ai reçu ce sms de la part de Jean-Mi :

« On n'a pas parlé du passé René. Peut-être que tu n'y tiens pas et dans ce cas je n'insiste pas. Merci encore de ton aide. Salut mon grand, salut mon vieux pote. »

Il n'est pas mon vieux pote. Je n'ai pas de vieux pote. J'imagine qu'un vieux pote est quelqu'un qu'on continue de fréquenter au fil des années, des décennies, à qui on fête son anniversaire, qui vous épaule en cas de coup dur, on est le parrain de son fils. Et non une silhouette qui réapparaît alourdie après cinquante années de silence.

J'ai retrouvé mon appartement. La rue de Navarre où j'habite, fait un coude entre les rues Monge et Lacépède. Elle donne sur les arènes de Lutèce, excavées au dix-neuvième siècle, où aujourd'hui se meuvent lentement des boulistes. Juste à côté, une vieille maison d'un étage à pignon d'ardoise, précédée d'un bref jardin, abritait autrefois Jean Paulhan. Mais rien ne signale ici la présence du fin lettré. (Non : récemment on y a mis une plaque.)

Chez moi meubles et tableaux – je ne possède rien de valeur –, sont disposés autour des livres qui couvrent toutes les étagères, en rayonnages doubles, celles-ci débordant et champignonnant, les volumes s'entassant dans les encoignures qui grimpent jusqu'au plafond, jusqu'à ce qu'ils soient hors de portée. Certains je ne les ai pas lus, je ne les lirai jamais, ma vie ne peut pas contenir une bibliothèque. Je n'ai personne à qui léguer tout cela, ce sera vendu au poids à un bouquiniste – mais par qui ?

Qui d'autre que moi aurait pu tenir dans ces falaises de papier ? Entre les autres et moi il y a toujours eu un mur épais : des livres.

J'ai répondu à Jean-Mi :

« Merci de ton message. On reste en contact. »

J'avais envie d'être plus chaleureux, mais je me le suis interdit. Et puis je l'ai imaginé démuni, faisant la popote dans le coin cuisine de son bateau dont le nom m'échappait, à moins qu'il ne me l'ait pas dit.

Je suis descendu à la cave et j'en ai extirpé un carton de vieilles photos, des photomatons parfois posés à deux ou trois, entassés dans la cabine, les visages déformés par une grimace ou un rire, des diapositives, des ektachromes, des instamatics aux couleurs passées. Tout cela aussi a disparu aujourd'hui, comme les lettres postales. On prend des milliers de photos, mais qui s'abolissent aussitôt dans la poubelle d'un écran. Ce qui était fait pour être conservé et savouré plus tard est devenu immédiatement jetable.

J'ai trouvé celle que je cherchais, la plus iconique, celle de Jean-Mi dans une énième chambre d'hôtel. Il regarde l'objectif mais ne sourit pas, comme pénétré d'un sombre pouvoir physique. Est-ce moi qui ai pris cette photo ou Catherine ? À qui s'adresse cette séduction sévère ?

Parfois exiguës, presque des cagibis, rapetissées encore par la laideur d'un papier peint au mur, mais parfois nettes et claires dans leur modestie même, donnant sur un mur aveugle ou sur le port de La Rochelle, toutes ces chambres formaient pour nous une seule planète, unique mais changeante, gravitant dans la France d'alors. Pompidou avait remplacé le général de Gaulle dont l'exil provoqué par lui-même, la promenade solitaire en Irlande, m'avaient semblé grandioses tandis que le babil gauchiste que me servait Catherine devenait peu à peu inactuel.

Comme dans notre porte-à-porte nous avions chacun un emploi pour attirer notre public, dans le périmètre de la chambre, dans cette géographie de constante proximité, nos corps aussi dans leurs différences, semblaient les interprètes d'un théâtre de rôles. Face à la musculature de Jean-Mi, j'apparaissais comme un éphèbe à la silhouette esquissée. Catherine avait peu de seins, un torse menu, mais un fessier épanoui et des hanches larges suggérant l'enfantement.

Nous nous nourrissions mal, à des comptoirs de cafés. Pas de McDonald's à l'époque. On avalait des croque-monsieur, des hot-dogs et des salades composées où souvent figurait un cœur de palmier en boîte. (Plus personne aujourd'hui ne consomme de cœurs de palmier.) On buvait un ballon de rouge ou une bière, et l'eau du robinet. Catherine faisait aussi une grande consommation d'Orangina, à la « vraie pulpe d'orange », jugeant dégueulasses les Pschitt et les Fanta alors omniprésents.

Pour améliorer notre ordinaire, Jean-Mi avait parfois la tentation de soustraire quelques billets à la moisson quotidienne, mais Catherine l'en empêchait.

– Attention Lausanne, la mère tape-dur nous espionne, rigolait-il. C'est qu'elle est économe, la Souris.

Il m'appelait Lausanne, et elle la Souris.

Parfois des confidences lui échappaient. La grand-mère décédée aurait été en fait une marraine. Comme j'insistais, il abrégeait :

– T'occupe.

Mais comment lui, le faux étudiant, avait-il rencontré Willy ?

– Tu veux vraiment savoir ? Je te préviens, ça va choquer tes chastes oreilles.

C'était dans un sauna à Marseille, un établissement où l'on ne va guère pour une sudation ou un bain de piscine, plutôt un lieu de rencontres, pour hommes et femmes. Il en avait eu l'adresse par un pote de l'armée, Baumeyer, un sergent, « un crack ». On se balade dans les couloirs une serviette autour des reins, les plus vieux et les plus moches en peignoir. On y rencontre des maris défaillants dont la femme se donne au premier venu, puis à un autre, et parfois à la chaîne, sur un matelas de moleskine.

– Elles sont à la fois mûres et fraîches ces bonnes femmes, elles aiment bien qu'un petit jeune leur rende service.

Quoique le croyant à moitié, nous étions abasourdis. Des hommes qui offrent leurs femmes à qui en veut bien, nos jeunes âmes en étaient heurtées. Jean-Mi nous regardait goguenard :

– Tu as beaucoup à apprendre Lausanne.

Mais Willy ?

– Bon Willy il était assis sur un tabouret au bar du sauna, je crois qu'il avait des parts dans l'affaire, avec une superbe fille à poil, une grande, dans le genre de Lina. On a parlé, on a sympathisé, il m'a payé un verre, on a rigolé avec la fille.

– Tu vas aussi nous dire que tu as couché avec elle.

– Oh j'aurais pu.

Il respectait Willy, il l'appelait « mon boss ». En fait c'était lui qui lui avait offert la trousse de toilette en cuir dont il était si fier.

– Il sait y faire. C'est un malin, un pirate. C'est une chance quand on est jeune de rencontrer un mec comme lui, il peut beaucoup nous apprendre. Et puis il nous fera pas toujours tourner en rond petit patapon. Je sais qu'il a d'autres projets pour nous, mais c'est normal, on est à l'essai. Mais tu vois Lausanne, je suis pas sûr qu'il s'appelle Willy.

Cette chambre-là je m'en souviens avec netteté, un seul grand lit, un petit divan, des carreaux verts dans le cabinet de toilette, un pommeau de douche au-dessus des W-C, un chromo représentant un gamin habillé en clown, reproduction de Madeleine Luka. Mais je ne me rappelle plus la ville.

On a couché tous les trois dans le grand lit. Mes pieds frôlaient ceux minuscules de Catherine, ceux larges, tannés et durcis comme de la corne, de Jean-Mi.

– Éteins.

Dans le noir, les voix s'affaiblissaient.

– On va manquer de coupons pour *L'Express*.

– On fera des photocopies.

J'ai mis du temps à m'endormir, dans l'une de ces insomnies lucides où on se réjouit d'être vivant. Le matin, une sonnerie stridente nous a réveillés, les cris d'une récréation, venus de l'école toute proche. Notre enfance n'était pas loin.

Qu'on la sollicite ou qu'elle nous accoste par surprise, la mémoire en nous parlant ne nous relate pas des événements, elle les interprète, les dévoie. Elle se trompe souvent, selon d'autres témoignages, et pourtant elle est pour nous infaillible, nous ne connaissons pas d'autre version que celle qu'elle a choisie pour nous.

Ce samedi-là nous avons décidé d'aller dans une discothèque à quelques kilomètres de Toulouse, vers Blagnac. Mais il fallait payer l'entrée et nous n'avions l'argent que pour deux. Le videur noir nous a barré la route.

Nous nous sommes rabattus sur un café de village, aux tarifs plus abordables. Pas grand monde, une autre table avec quatre jeunes types du cru, déjà imbibés, à l'accent de terroir. Sans doute comme nous, des indésirables de la discothèque. Ils nous jetaient des regards peu cordiaux, leurs visages exsudaient cette haine de la province quand elle a repéré Paris ou apparenté.

On entendait venant du juke-box :

« J'ai un problème
Je crois bien que je t'aime
J'ai un problème
J'en ai bien peur aussi… »

Je me suis levé pour commander une autre boisson. Un des types est venu vers moi, m'a adressé un mauvais sourire.

– Servez la jeune fille d'abord.

La jeune fille c'était moi.

Jean-Mi s'est levé à son tour, le maxillaire durci.

– T'étais pas bien où t'étais, lui a dit le type, tranquille à ta table ?

En une ou deux phrases le ton et monté, des mots orduriers, l'accent du Sud-Ouest. Ils en sont venus aux mains, avec la soudaineté d'un assaut de combat de coqs. Les trois autres types sont tombés sur Jean-Mi qui donnait des coups, en recevait aussi.

Alors moi l'anémique, le fils à sa maman, j'ai fait quelque chose. J'ai saisi une bouteille sur une table, je l'ai cassée sur l'acier du comptoir. J'ai crié d'une voix étranglée :

– C'est ça que vous voulez !

Les lumières se sont subitement éteintes, le patron sans doute.

La rixe a continué quelques instants dans le noir, comme un ballet ralenti et mal dansé, dans un fracas de tables et de verres brisés.

– Foutez-moi le camp ! J'ai appelé les flics !

On entendait encore les voix de Sylvie Vartan et Johnny Hallyday :

« Si tu n'es pas vraiment l'amour

Ça lui ressemble… »

(J'ai vérifié sur internet, cette chanson est largement postérieure.)

Et puis nous sommes tous sortis, nous nous sommes égaillés sur la placette du village désert. Je regarde sur une carte, le patelin devait s'appeler Mondonville.

Les quatre types sont montés dans une voiture pourrie, qui a démarré vite.

Je tenais toujours dans les mains cet objet singulier, la bouteille cassée, hérissée de tessons. Catherine me l'a prise, l'a jetée sur le trottoir.

– Qu'est-ce qui t'arrive René ? Tu aurais pu tuer quelqu'un.

Jean-Mi aussi me regardait avec surprise. Il m'avait défendu et moi aussi à ma manière, je l'avais défendu.

Il y avait là un monument aux morts avec les noms des soldats tombés pendant la guerre de 14, la statue d'un poilu héroïque étreignant un drapeau, une halle avec un antique lavoir qui devait encore servir. Jean-Mi avait la lèvre tuméfiée, un peu de sang sur le cuir chevelu. Catherine a nettoyé ses plaies avec l'eau du lavoir. Un rayon de lumière, électrique ou lunaire, est tombé sur sa blessure et ce halo isolant son visage s'associe pour moi au murmure ininterrompu de l'eau alimentant le bac de pierre.

Bien sûr la police n'est pas venue. Le village était pour nous. Nous avons attendu le premier autocar, somnolé sous l'auvent d'un abri. Mais nous n'étions pas fatigués. Le jour s'est levé, c'était un matin un peu froid mais glorieux.

Il advient le moment où ce qui était flou, indistinct, se précise, trouve ses contours, se reconnaît, se parle, où ce qui vivait à l'intérieur se révèle au jour, quand le désir amoureux dans son invasion, nous amène à cet autre état de nous-mêmes. Tout ce qui était vécu auparavant n'en était que la préparation, la gestation sourde.

Le corps de Jean-Mi, athlète de chambre en slip bariolé, était devenu celui du héros. Les gestes les plus familiers, les paroles les plus banales, participaient pour moi à la construction de ce roman intime, de ce dialogue sans partenaire. Même ce qui était douteux ou trivial en lui se sacralisait. Et pour moi c'était la première fois.

Catherine regardait avec surprise cette métamorphose, qui éclipsait notre complicité. Quand nous opérions chez un « client », je ne disais plus rien, hypnotisé par le discours hâbleur de l'idole dispensant ses effets de manche.

Mais je n'avouais rien. Ma fièvre était interne, comme celle d'un malade qui lutte, qui nie, ne veut pas dire qu'il a quarante.

Depuis la salle de bains, Jean-Mi m'a appelé.

– René tu peux venir ?

Il était accroupi dans l'eau savonneuse de la petite baignoire.

– Tu peux me laver le dos ?

J'ai pris un gant de toilette, je l'ai passé sur ses épaules, d'un geste d'abord énergique, qui s'est ralenti dans un mouvement presque insensible, proche de la caresse, puis s'est arrêté.

Alors j'ai posé mon front sur le dos humide de Jean-Mi. Nous sommes restés ainsi quelques instants.

Il s'est détaché de moi.

– Merci.

Il s'est rincé, il est sorti de la baignoire, s'est séché, bouchonné avec une serviette, dans une bonne humeur de naturiste. Mais il fuyait mon regard, comme s'il avait un peu honte à présent d'avoir créé ce lien entre nous, d'en avoir attendu une gratification, ou d'avoir reproduit avec moi ce qu'il avait vécu ailleurs.

Et cette gêne qu'il éprouvait me rendait plus fort. J'étais en danger mais pour jouir de ce péril, le peu qui m'était accordé j'en faisais un triomphe et les yeux fermés, je savourais encore le toucher de sa peau mouillée sur mon front.

Je n'ai pas toujours vécu seul rue de Navarre. Le garçon qui a passé deux ans avec moi dans cette forêt de livres souhaitait une existence paisible. Il avait un travail, aimait les horaires fixes, faisait les courses et la cuisine. Il avait eu une enfance atroce, impensable, et pourtant il ne détestait pas l'humanité, il n'éprouvait aucune rancune de classe ou de race. Pour survivre, il avait fait la pute mais cela non plus ne l'avait pas abîmé. Il avait une propension à la ferveur mystique, le besoin d'un dieu aimant qui l'accompagne, et cette présence, cette certitude en lui, lui donnaient une douceur merveilleuse.

Moi toute cette harmonie, spirituelle et domestique, m'ennuyait, je la fuyais au-dehors, dans mon travail, dans mes rencontres. Nous n'étions pas de la même espèce. Oui, je voulais fuir.

Je suis rentré un jour dans l'appartement et je l'ai vu m'attendant, calmement assis à côté d'une valise. Il partait, rentrait dans son pays en Afrique.

Je ne l'ai pas chassé et je ne l'ai pas retenu.

Dans tout deuil il y a un soulagement. J'éprouvais ce soulagement, en même temps que la conscience aiguë de mon infirmité.

Comme un entracte dans l'obsession qui m'habitait, j'avais décidé d'aller voir *Ma nuit chez Maud* – ou était-ce *Le genou de Claire* ? – dans une salle d'art et d'essai de la ville. Catherine n'a pas voulu m'accompagner, jugeant ce cinéma bavard et bourgeois. Quant à Jean-Mi ce n'était vraiment pas son genre, lui qui se disait « Bronsonmaniac », du nom de la vedette américaine de films d'action.

Séance annulée, confusion dans les horaires ? Je n'ai pas vu ce jour-là le film d'Eric Rohmer. Je suis rentré plus tôt que prévu à l'hôtel.

J'ai ouvert la porte de la chambre. J'ai vu les pieds minuscules de Catherine rivés aux reins de Jean-Mi. J'ai entendu comme des piaillements d'oiseau de mer et des coups de boutoir.

J'ai refermé la porte. Loin de l'extase de *L'Âge d'airain* face au miroir, c'est une autre sculpture de Rodin qui me sautait au visage, un faune pénétrant une nymphe, celle-ci les jambes nouées à son torse.

J'ai fui dans le couloir, esseulé, trahi, misérable.

Et j'ai marché dans les rues de

Je téléphone à Jean-Mi, lui dis à peine bonjour :

– Quand vous m'avez cherché, c'était où ?

Il comprend tout de suite, comme s'il pensait aux mêmes choses en même temps que moi.

– Cherbourg.

– Oui bien sûr, Cherbourg. Et c'était quel mois de l'année ?

Il hésite.

– Mai, juin…

– Non, je ne crois pas.

Plutôt octobre. L'océan battait en lames fortes les digues du dix-septième siècle qui ceignent la rade. Et on sentait la force de la houle jusque dans le port de plaisance à marée haute, le grincement et la bougeotte des plus petits bateaux, le vent cognant dans les voiles.

J'ai marché jusqu'à la gare, je voulais prendre un train, rentrer à Paris, biffer les deux félons d'un trait de crayon, mais je n'avais pas l'argent du billet.

Dans une rue noire, perpendiculaire au quai, j'ai pénétré dans le seul établissement éclairé. Ambiance musicale, antillaise. J'ai commandé un ponche, avec des portions de boudin noir épicé en amuse-gueule, que je n'ai pas touchées. Le ponche était fort et les percussions créoles berçaient mon désespoir.

Finalement une dame métisse en tissu madras m'a présenté la note. Je l'ai regardée interdit.

C'est alors que Jean-Mi m'a vu depuis la rue. Il est entré dans le bistrot, s'est assis en face de moi.

– Alors Lausanne tu fugues ? Je veux bien un ponche moi aussi madame. Y'a une bonne ambiance chez vous.

À mes traits évidés, à mon regard sombre, il a compris que trop de jovialité serait malvenu. Ça ne lui coupait pas l'appétit, il avalait les portions de boudin noir.

– Elle est où Catherine ?

– Elle aussi elle te cherche, du côté de la mairie. Affolée la petite. Elle avait peur que tu te foutes à l'eau.

– Ça fait longtemps ?

– Quoi ? Qu'elle et moi ? Ben non c'est la première fois, comment on aurait fait ? C'est pas commode, on est toujours à trois dans ces piaules. Ça s'est passé comme ça, ça nous a pris en camarades. Si ça te déplaît, ça n'arrivera plus.

Lui non plus n'avait pas grand-chose en poche. À deux on a fait l'appoint tout juste. Il a demandé à téléphoner. Il voulait joindre Willy à Paris, dans l'appartement meublé qu'il louait rue Beaujon, près de l'Étoile, la résidence d'Orgeval n'étant plus guère d'actualité.

– Allô mon boss, on a besoin de toi, on est dans la dèche. On est des bonnes gagneuses, ne nous oublie pas, fais un saut dans le Cotentin, ah c'est pas très rock and roll.

Il est revenu vers moi.

– Bon on va rentrer, elle va s'inquiéter la Souris.

On a marché le long du quai, le vent beuglant dans nos oreilles. J'ai entendu en bribes :

– René, des garçons comme toi, j'en ai connu, à Saint-Germain, ailleurs. Je n'ai rien contre mais c'est pas mon rayon… Comme dit le proverbe, il faut de tout pour faire un monde…

Le reste était plus difficile à dire, il s'est approché de moi :

– J'ai fait ma pute avec toi l'autre jour. Je regrette, tu vas m'excuser parce que tu es un garçon intelligent… on a beaucoup de chance de te connaître.

J'ai encore désiré Jean-Mi après cette nuit-là, je butais toujours sur son corps encombrant dans le périmètre étroit de la centième chambre. Mais la maladie qui m'avait tenu dans ses serres pendant quelques semaines était guérie. Avec ces mots-là, il m'avait délivré.

À cette époque, j'ai eu au pied un kyste mal placé, sous le talon. J'ai été à l'hôpital où un interne maladroit m'a charcuté. J'étais handicapé, j'ai claudiqué pendant quelques jours. Tous les matins Catherine changeait mon pansement, examinait les progrès de ma cicatrisation. Tandis qu'elle œuvrait penchée sur mon pied, j'étais allongé sur le lit dans une position alanguie, qui a fait dire à Jean-Mi :

– Tu le soignes hein ton pacha. C'est pas moi que tu bichonnerais comme ça.

Elle se contentait de sourire. Depuis l'épisode du Cotentin, elle restait dans une contrition douce, et se tenait à distance de Jean-Mi. Je n'éprouvais plus de jalousie, je m'étais convaincu qu'on ne peut pas aimer celle ou celui qui ne vous désirera jamais, on le doit à soi-même. Catherine m'aimait d'un amour de sœur, de mère, sans qu'il la hante. Il me semble que bien plus tard nos vies, nos corps se sont mélangés, dans un inceste sans tragédie.

Elle est celle qui m'avait dit :
– Tu sais René je peux tout entendre.

– Willy est ici, a dit Jean-Mi, il nous invite à déjeuner. Tu peux venir avec ta patte folle ?

Je n'aurais pas raté un repas chaud.

C'est à La Rochelle que Willy nous a rejoints. Nous avons mangé une croustille, délicieux riz au poisson, à la brasserie André. Catherine lui a remis le cash et les chèques collectés, toujours signés à l'ordre de la même société, un amalgame de plusieurs lettres dont peut-être Jean-Mi se souviendra.

Willy avait l'air un peu fatigué, une barbe naissante et ses mèches blondes viraient à une couleur sableuse, un peu sale. Catherine lui a posé des questions sur sa vie, qu'il a toutes éludées. Nous ne savions rien de lui, Jean-Mi non plus, malgré leurs aventures – vraies ou fausses – dans les saunas de Marseille. On ne pouvait pas imaginer Willy marié, père de famille.

Nous avons demandé des nouvelles de Lina.

– Laquelle ? Ah oui. Elle va bien, je ne m'inquiète pas pour elle, elle s'en sortira.

Se sortir de quoi ?

Il payait toujours en liquide, le sortant des pliures d'un portefeuille gonflé de billets de cent francs et de pascals.

– Vous en avez de l'argent Willy, a dit Catherine. Pourquoi est-ce qu'on en profite si peu ?

– Vous n'êtes pas les seuls que je dois rétribuer ma petite. Il faut que je gère tout ça.

Avant de nous quitter, il nous a dit qu'on ne se reverrait pas tout de suite, mais qu'il serait joignable rue Beaujon par téléphone ou télégramme. Il y recevrait les chèques, et nous enverrait les mandats.

– Je vous fais confiance. Profitez bien.

C'était vrai, on profitait. On aurait pu le gruger comme lui nous exploitait, mais nous savions que cela aurait rapidement mis fin à notre tour de France.

Il est descendu chercher la Porsche dans le parking de la place Verdun. Je m'en souviens parce que j'aimais La Rochelle, ses arcades, ses hôtels particuliers, sa pierre blanche. Nous ne devions plus revoir Willy Michels – était-ce son nom ? – avant longtemps.

Nous nous sommes perdus dans le vieux Lyon, le quartier ancien et patricien, avant de trouver la rue Commines. La plaque de la porte indiquait :

Docteur Philippe Verbe
Cardiologie
Ex-interne des Hôpitaux de Paris
Chef de service à l'hôpital Desgenettes

Nous avons sonné à l'étage noble, une secrétaire au long visage sévère nous a ouvert la porte.

– Vous avez rendez-vous avec le docteur ?

– Non, nous sommes des étudiants venus lui proposer des abonnements associatifs à des prix préférentiels.

– Il n'aura pas le temps de vous voir.

– Nous pouvons l'attendre si ça ne vous dérange pas.

Elle nous a introduits à contrecœur dans un salon au décor feutré, aux lourds rideaux de velours. Il y avait au mur une peinture du dix-neuvième siècle représentant la campagne anglaise.

– Ça sent le fric ici, a dit Catherine avec un frémissement de narines.

Nous y sommes restés jusqu'à la fin de l'après-midi. La secrétaire est revenue :

– Vous êtes toujours là ? Le cabinet va fermer.

Mais le docteur Philippe Verbe est apparu, un homme dans la quarantaine, au front un peu dégarni, le regard clair.

– Oui ?

– Nous sommes des étudiants qui... etc.

Il nous observait avec curiosité.

– Bon, je vais vous recevoir. Partez Thérèse, à demain, je fermerai.

Ça n'enchantait pas la vieille fille.

Il nous a fait entrer dans son cabinet, des boiseries, un bureau Régence et une grande toile abstraite dans la manière de... Dans la manière de qui ?

Il nous a assis en face de lui, l'air éveillé, disponible.

– On peut vous demander de qui est le tableau ? a risqué Catherine.

– Oh je barbouille un peu à mes heures.

Nous avons débité notre harangue à trois, qu'il a écoutée avec un fin sourire.

– *Paris Match* et *Jours de France*, ma femme les achète déjà. Elle s'en repaît même.

Lui supposant une sensibilité de bourgeois de gauche, je lui vantai les mérites du *Nouvel Observateur*, la pertinence de ses éditoriaux politiques, la qualité de ses chroniques culturelles.

– Eh bien oui, d'accord, ça, a-t-il abrégé.

Il a sorti un chéquier et un stylo Mont blanc, a signé un chèque, l'a tendu à Catherine. En en lisant le montant, elle a eu l'air éberluée.

– Merci. Mais vous êtes sûr que…

– On dirait que ça vous brûle les doigts mademoiselle. Ce n'est qu'un chèque. Approvisionné de surcroît.

Jean-Mi et moi avons pris connaissance du chiffre : mille francs, une somme à l'époque.

– Je vais vous donner le coupon de garantie.

– Non ça je m'en fous, merci.

Il y eut un silence. C'est sur moi que son regard clair se posait.

– Alors vous allez de ville en ville, comme des romanichels ? Vous habitez où à Lyon ?

– Le Pax Hôtel, à côté de la gare Perrache.

– Connais pas. Ça ne doit pas être bien reluisant.

Il s'est levé, nous a tourné le dos, est allé à la fenêtre et est resté là quelques instants, comme s'il nous avait oubliés. Puis il est revenu vers nous.

– Ma femme et mes enfants sont en vacances en Angleterre. Dans le Kent. Ils font beaucoup de sport…

Il nous a invités à prendre un verre chez lui, « casser un peu la croûte ». Il parlait d'une voix prenante avec des ruptures de ton abruptes, comme s'il voulait surprendre ou se surprendre, échapper à l'ennui.

Quelques kilomètres en Volvo. Un bois sombre. Une allée d'arbres, un jardin domestiqué, une piscine bâchée. Une grosse maison, presque un manoir.

Sur la chaîne stéréo dernier cri, il a mis du jazz, du Miles Davis je crois.

– Ce n'est qu'un snack, a dit Philippe Verbe.

Il a ouvert une boîte de foie gras, qu'il a servi avec des toasts chauds, a débouché une bouteille de bordeaux, je me souviens de l'étiquette, Gruaud Larose. Il nous a posé des questions sur nos études, nous avons raconté quelques fables.

– Vous ne vous ennuyez pas avec moi ? Les jeunes gens s'ennuient si facilement avec leurs aînés. C'est sans doute un manque d'imagination de leur part.

Il m'a vu regarder la bibliothèque. Il a extrait un volume d'un rayonnage.

– Si vous aimez lire… Gardez-le.

C'était un ouvrage de Cioran, *Précis de décomposition*, aux éditions Gallimard. Je crois que je l'ai toujours.

– Ça n'est pas une version très rose de la vie mais à votre âge tout cela reste abstrait, on ne se suicide pas, à part quelques professionnels précoces du désespoir, des raseurs.

C'était surtout à moi qu'il parlait, moi qu'il regardait. Il est allé chercher une autre bouteille de bordeaux.

– C'est toi qui l'intéresses, a dit Jean-Mi. Gare à tes fesses.

Sur la cheminée du salon, un cadre de satin abritait la photo en couleurs d'une jolie femme blonde, de deux enfants.

À l'étage il nous a assigné une chambre à chacun. La mienne était la plus vaste, donnant sur le parc.

Il est entré quand je me déshabillais. Confusément je l'attendais. Il m'a regardé :

– Une statue. Un bronze.

Je revivais *L'Âge d'airain*, mais cette fois mon miroir était un autre homme.

– Ce qui est obscène c'est de garder un slip. Quel est ton prénom déjà ?

– René.

– Ah oui René. Un vieux prénom. Du coup on a le même âge.

Il m'a emmené sur le lit. Il m'a mis sur un piédestal, il m'a bercé comme une poupée et puis il a tué en moi cette poupée. Il m'a tout appris, dans une adoration vraie, fausse, les deux.

Quand je me suis réveillé, il était assis sur un fauteuil, en face de moi, buvant une tasse de café. Il m'a tendu la tasse et j'en ai bu une gorgée.

– Il est quelle heure ?

– Dix heures passées.

J'étais repu, de chair, de sommeil. Des gestes m'avaient traqué, enfin trouvé. Je m'étais trouvé.

Il s'est mis à parler, comme s'il avait médité son discours :

– Tu es un garçon bien René, tu es beau, Antinoüs tu sais qui c'est. Tu es intelligent, je crois à ton avenir. Arrête de perdre ton temps à colporter ces feuilles de chou. Tu pourrais continuer tes études ici, à Lyon. Moi je vais divorcer. Mon grand fils a seize ans déjà. Je vais pouvoir vivre enfin la vie que je souhaite. Si tu ne veux pas habiter avec moi, garder ta liberté, je te louerai un studio.

Je me suis levé. Par la fenêtre j'ai vu Jean-Mi et Catherine qui attendaient dans le jardin, près de la piscine bâchée, l'air indécis, comme des chiens abandonnés.

– On va leur appeler un taxi, a dit Philippe Verbe.

Mais j'avais envie de retourner à l'hôtel Pax avec mes compagnons.

Je n'ai jamais revu le docteur Philippe Verbe, chef du service de cardiologie à l'hôpital Desgenettes à Lyon. Sans doute est-il mort, il aurait aujourd'hui quatre-vingt-quinze ans, presque cent. Ou peut-être s'est-il suicidé dans son manoir, pendant que sa femme feuilletait *Paris Match*.

Je sais ce que je lui dois.

Mais qu'ai-je fait de ce don, l'homosexualité, un don comme un autre, ni pire ni meilleur, quelle bonne carte en ai-je tirée ? Quand on est vieux, quand ce mot vous épingle comme un insecte, on est à nouveau précipité au début de sa vie, comme si on était sommé d'en retrouver les enjeux et les choix alors qu'il est trop tard. Je peux regarder avec ironie les couples de gays d'aujourd'hui : même âge, même taille, même barbe, même corps façonné, même salaire, même milieu social et ethnique, même désir de mariage et d'adoption, tous ces nouveaux mots d'ordre me autant d’interdits. Mais c’est moi et seul, qui n’ai pas su briser le cercle de ma solitude.

Nous attendions dans le salon en angle d'un grand appartement du centre de Cannes, donnant sur l'embarcadère pour les îles de Lérins. C'était en mai puisqu'on dressait sur la Croisette des panneaux publicitaires annonçant le festival du film. La veille nous avions pris un verre au Zanzibar, un ancien bar à marins devenu rendez-vous de « Cannes la braguette », décoré par les fresques de l'artiste russe Soungouroff, légionnaires dans une oasis, jeunes gitans organisant un combat de coqs.

La dame, épouse d'avocat, nous a aimablement offert des jus de fruits, tandis qu'elle écoutait avec bienveillance nos propositions.

– Vous êtes étudiants à Paris ? Mais alors comment faites-vous, c'est la période des examens…

– Nous travaillons sur polycopiés, madame. Nous avons déjà obtenu trois certificats de licence.

– C'est bien.

Un homme est entré, il nous a tout de suite reconnus. Nous aussi. Nous lui avions fait prendre un abonnement à *L'Express* six mois plus tôt, à Montpellier.

– Surtout ne donnez rien Suzanne, ne signez rien ! a-t-il intimé à la dame.

Il était en vacances chez ces amis cannois. Heureusement que ce hasard...

– Vous êtes de petits escrocs, on va vous tirer les oreilles.

Il a expliqué que n'ayant jamais rien reçu, il avait téléphoné au bureau de l'hebdomadaire, où on n'avait pas entendu parler de nous, ni de ce type d'abonnement ou de cette association au sigle compliqué.

Évidemment nous avons protesté, nous ne comprenions pas, c'était un malentendu...

Étions-nous de bonne foi ? Avions-nous jamais cru nous-mêmes à la réalité de ce dispositif, ou bien nous étions-nous seulement abandonnés à une fiction, à une grande attraction, comme on monte sur le grand huit à la fête foraine ? De là-haut on peut voir toute la ville. Nous, c'est la France qu'on avait vue dans un mouvement panoptique.

– Ça mérite une leçon. Ce n'est pas pour l'argent, c'est une question de principe. Vous êtes des voleurs, répétait le bonhomme.

On s'est retrouvés au commissariat du Cannet, parqués dans une attente humiliante. Jean-Mi voulait fuir mais Catherine et moi l'avons convaincu de rester tranquille. Lui avait juste vingt et un ans, mais nous étions encore mineurs, c'était quatre ans avant la loi électorale décidée par Giscard.

Un flic à l'accent provençal nous a posé des questions. Les coupons à l'en-tête des grands magazines étaient bien sûr des faux, assez grossiers. Où allaient les chèques collectés ? Qui centralisait les opérations ? Est-ce que nous connaissions un certain Robert Pateau ?

Il nous a montré plusieurs photographies d'hommes. Parmi elles figurait celle de Willy, était-ce lui Robert Pateau ? Sur la photo il était un peu plus jeune, les cheveux courts, pas de mèche blondie. Mais c'était bien sa petite gueule de fennec.

Nous n'avons rien dit, rien reconnu, avons improvisé des réponses mal ficelées. Finalement le policier a eu pitié de nous.

– Bon tirez-vous. Mais restez à Cannes, à notre disposition. On vous appellera à votre hôtel.

Nous ne l'avons pas écouté. Encouragés par Jean-Mi, nous avons pris le premier train pour Paris.

Jean-Mi a acheté des sandwichs à l'employé itinérant. Catherine et moi les avons mangés en silence. Le policier avait pris nos noms mais pas nos adresses. Nous n'en étions pas moins devenus des hors-la-loi et seul Jean-Mi trouvait la situation amusante.

Comme Catherine et Jean-Mi n'avaient plus de domicile à Paris, nous nous sommes tous réfugiés dans ma turne de la Cité universitaire. Dans cet espace minimal, nous regrettions nos chambres d'hôtels, même les plus minables. Jean-Mi dormait par terre. De surcroît, héberger des visiteurs était interdit et il fallait ruser pour que mes amis puissent s'introduire la nuit. J'ai été convoqué, on m'a tapé sur les doigts, mais tant bien que mal ils sont restés.

Le téléphone de la rue Beaujon était toujours occupé, en dérangement ou ligne coupée ? Nous sommes allés au numéro 14. Il n'y avait pas le nom de Willy Michels sur les boîtes aux lettres, ni de Robert Pateau. Pas de concierge, l'immeuble étant réparti en appartements meublés, loués à la saison par des gens de passage. Willy avait disparu. On pouvait alors disparaître sans laisser de trace. Pour retrouver les fugueurs ou les morts, il fallait s'adresser à des détectives privés, comme l'agence Duluc rue des Pyramides, ce que nous ne pouvions nous offrir.

D'abord incrédule, Jean-Mi devait peu à peu admettre que son « boss » nous avait abandonnés et trahis, sans bien sûr nous payer ce qu'il nous devait depuis trois mois. Une colère montait en lui. De malin, de filou de charme, Willy était devenu un « fumier ».

– Si je le chope...

Catherine et moi comprenions qu'il vivait la plus grande déception de sa vie, qu'il avait cru en Willy jusque dans ses manipulations, comme à un père qui vous parle en égal, en copain, et vous refile ses malices et ses trucs.

Nous vivions sur l'argent de ma bourse, agrémenté parfois d'un maigre mandat de ma mère qui me croyait toujours étudiant modèle à la Sorbonne.

De temps en temps Jean-Mi s'éclipsait deux ou trois jours, revenait avec ce qu'il appelait « de l'argent frais ». Peut-être un mari défaillant l'avait-il rétribué dans un sauna. Il nous ramena une boule de mauvais shit qui nous plongea dans la somnolence et le mal au crâne. Il nous présenta Baumeyer, le sergent qu'il avait connu à l'armée, beau garçon blond, qui nous fit un effet déplorable. Il essayait de nous entraîner dans des coups foireux dont j'ai oublié la teneur. Il serrait de près Catherine qui n'en voulait pas. Un soir, ivre dans la turne, il lui dit : « Toi tu as une bouche de pipeuse. » Elle l'a flanqué à la porte, tandis que Jean-Mi s'esclaffait.

Nous n'avons eu aucune nouvelle de la police, ni cannoise ni d'ailleurs. Après quelques semaines d'inquiétude, nous avons pensé que notre dossier avait été égaré, ou jugé insignifiant.

Je n'ai pas le souvenir que Catherine, Jean-Mi ou moi ayons eu à l'époque des relations sentimentales ou sexuelles avec d'autres partenaires. Peut-être, descendant à la station Mabillon, ai-je passé quelques soirées seul dans un bar de Saint-Germain-des-Prés, le Prélude. Il y avait là des homosexuels connus, Jacques Chazot, François Reichenbach et même Roland Barthes, un jeune gigolo assis sur ses genoux. Malgré l'inconfort de ma turne bondée, je n'ai jamais découché.

Je reçois ce matin une lettre timbrée, arrivée par la poste comme autrefois. Elle vient de La Napoule.

« Cher René,

Quand tu m'as demandé l'autre jour où nous étions quand… enfin tu sais, j'ai pensé que peut-être tu étais en train d'écrire notre histoire d'il y a cinquante ans. Un demi-siècle, une paille. Tu es écrivain, non ? À toi de jouer.

Aujourd'hui encore j'ai honte de t'avoir allumé dans la baignoire. Si tu as d'autres trous de mémoire dis-le-moi, j'aurai peut-être les réponses. J'ai commandé sur Amazon un de tes bouquins.

Mais je t'écris pour autre chose. Tu te souviens, Catherine et toi vous vous demandiez souvent d'où je venais, mes parents, ma famille, tout ça. Et je ne vous le disais pas. En fait je ne l'ai jamais dit à personne.

Alors, voilà : ma mère appartenait à la communauté rom. Une belle femme, elle s'est enfuie avec mon père, et ils ont été poursuivis par tous les manouches armés jusqu'aux dents pour leur faire la peau. Mon père, Maillard, était d'origine savoyarde, un colosse que je n'ai pas connu car il a été assassiné quand j'avais un an, il était videur au cabaret du Lido Champs-Élysées, et on l'a fumé dans une rixe. Ma mère est retournée chez les Roms qui n'ont pas voulu de moi, alors elle m'a confié à cette dame dont je vous ai parlé qui n'était ni ma grand-mère ni ma marraine, car je n'ai jamais été baptisé.

Voilà c'est ça mon histoire René, tu vois elle n'a rien d'extraordinaire, seulement un peu triste, pas de quoi avoir honte non plus ? Mais quand on est jeune, on se fait une montagne de tout, on a de l'orgueil mal placé.

Je voulais venir te voir à Paris mais impossible pour le moment. Un Arabe d'Abou Dabi, un prince, m'a demandé de m'occuper de son yacht qui mouille au port Canto à Cannes. J'y vais tous les jours en bus !

Alors pourquoi toi, tu ne viendrais pas me voir ? Je ne peux pas t'accueillir sur mon rafiot, trop petit – plus grand quand même que ta chambre boulevard Jourdan. Mais il y a un hôtel sympa pas loin du port, qui est géré par un pote à moi, qui a notre âge, et qui te ferait sûrement un prix. Qu'est-ce que tu en dis ?

En attendant, je t'embrasse.
Ton bâtard préféré, Jean-Mi(chel). »

J'ai aussitôt répondu par sms à Jean-Mi :
« Moi non plus je n'ai pas connu mon père. »

Sans la mort de Catherine et le rituel qui l'a accompagnée, sans ce point d'ancrage de la mort dans la vie, rien ne serait revenu du souvenir ou de ses lacunes. La disparition d'un proche nous emporte dans le passé, nous précipite dans sa mêlée, le rend charnel et vivant.

Je reçois un mail provenant de cette adresse : « malarukpauline@gmail.com ». Il s'agit de la fille de Catherine, celle qui m'a embrassé lors de l'enterrement. Elle me demande l'autorisation de m'envoyer un manuscrit signé par sa mère, trouvé en triant ses papiers. Bien sûr j'accepte.

J'imprime le texte. Il a une centaine de pages et pour titre *Roman d'apprentissage*. C'est comme une longue nouvelle ou plutôt un récit, d'une concision toute française. Il s'inspire étroitement de notre vie commune, racontée par une narratrice sans nom. Jean-Mi – en moins fruste – s'appelle Patrick, et moi Claude. C'est une version de nos vies, décantée, épurée, élégamment écrite. Les épisodes de porte-à-porte ne sont que des prétextes rapidement expédiés. Catherine s'attache à l'histoire d'amour, amour destiné à ce Claude qui me ressemble comme un faux frère. Un amour que le vilain garçon ne veut pas reconnaître, qui l'encombre et qu'il fuit. Ici le coït à la Rodin dans la chambre d'hôtel s'avère une tentative délibérée pour susciter la jalousie de Claude, aiguillonner ses sentiments. Aucune mention de mes goûts, ce qui n'est pas très honnête. J'apparais paré de divers prestiges physiques et intellectuels, comme un narcisse enfermé en lui-même, et qui en souffre çà et là. Je n'en prends pas ombrage. Je le sais d'expérience, quand on s'inspire de quelqu'un qu'on aime pour un personnage de fiction, on en fait involontairement un portrait ambigu ou cruel, qui soulage les frustrations de la relation vécue – un putsch de l'inconscient je suppose.

Je remercie Pauline et lui écris que je proposerai le manuscrit de sa mère à un éditeur. Je le ferai mais, pardonnez-moi, sans enthousiasme. Il empiète sur mon domaine réservé et déjà mon livre ne se conçoit plus dans un élan gratuit. Je le calcule, j'en prémédite l'effet, et l'imagine déjà en petits volumes empilés dans une bonne librairie. Du reste il n'est plus à moi, il appartient au public, fût-il rare.

Le texte de Catherine s'achève sur une rencontre entre la narratrice et Patrick, longtemps après (Claude est-il mort ?) :

« Il m'a dit que c'était Claude que j'avais aimé sans l'avouer, en gardant ce secret enfoui dans une mort de moi-même. Nous avons fait quelques pas dans le bois de pins, et je lui ai répondu non, qu'est-ce qu'il allait chercher. »

Catherine a été ma seule compagne. On ne peut pas tout à fait se passer d'une femme. Peut-être est-on mieux à même de la comprendre si on n'affronte pas le continent de son désir.

Aurait-il fallu raconter cette histoire à trois comme nous l'avons vécue ? Mais même ainsi nous l'aurions étoffée sans pouvoir l'achever.

Dans son récit Catherine n'évoque pas la fin de notre aventure. Alors je m'en charge.

En rentrant à pied à la Cité universitaire, nous sommes passés par une rue étroite derrière la gare Montparnasse, qui s'appelle… comment s'appelle-t-elle ?

J'ai reconnu la Porsche. C'était bien elle, la gris métallisé, bâchée, un peu cabossée. Nous avons vérifié la plaque minéralogique. Donc Willy n'était pas loin.

Un seul restaurant était ouvert dans la rue, qui s'appelait Chez Maria. Jean-Mi est discrètement allé voir, s'est posté au coin de la vitre. Il en est revenu tout excité.

– Il est là. Il dîne avec des gens. On va l'attendre ce fumier.

Au bout de quelques minutes, Willy est sorti seul du restaurant. Il ne nous a pas vus, on se cachait derrière une voiture, comme dans *Tintin et Milou*. Il a marché vers la Porsche et on l'a suivi.

– Hé ! Willy ! a crié Jean-Mi. Hep hep hep où tu vas ?

Willy n'a pas entendu ou a fait semblant, car il a un peu hâté le pas.

– Hé toi ! Pateau ! Rateau !

On l'a rejoint quand il actionnait la clé sur la portière de la Porsche.

– Alors comme ça tu disparais, tu donnes plus de nouvelles ? persiflait Jean-Mi. C'est pas bien ça bonhomme. Tu nous exploites, on va presque en taule à cause de toi, et toi peinard tu t'égailles dans la nature avec le fric.

Dans cette rue étroite à peine éclairée, Willy paraissait plus petit, fragile, comme amenuisé.

– Je n'étais pas en France. J'allais vous contacter.

– Où ça ? Tu sais même pas où on crèche.

Dans un sursaut d'orgueil, Willy essayait de se ressaisir, de le prendre de haut.

– Qu'est-ce que vous voulez ? Vous n'avez pas été malheureux les enfants. Ça vous a fait de grandes vacances…

Un coup de poing est parti qui l'a touché à la face. Il a mis la main sur son visage, pour se protéger des autres.

– T'es fou Jean-Mi, tu l'auras ton fric !

Mais une grêle de coups a continué de pleuvoir. Jean-Mi martelait la tête de fennec. Je lui ai crié d'arrêter, mais Catherine s'est interposée.

– Non, laisse-le ! Qu'il lui casse la gueule, il l'a cherché.

Et pour être exact, j'ai moi aussi partagé cette jouissance, la violence qui est en tout homme. Jusqu'à ce que Willy gise par terre, de guingois, comme un jouet brisé.

Avec des gestes rapides de voyou, Jean-Mi a ouvert le blouson de daim, en a sorti le portefeuille, l'a délesté de quelques billets de cent francs – il y en avait moins qu'autrefois.

Alors il s'est passé quelque chose d'horrible. Willy ne bougeait plus. Il avait la bouche ouverte, tordue dans un rictus.

Jean-Mi l'a secoué, il n'a pas réagi.

– Putain qu'est-ce qu'il a ?

Il avait l'air mort. Il l'était sans doute.

Les phares d'une voiture ont balayé notre petit groupe penché sur sa victime. Des clients sont sortis du restaurant, nous étions aussi dans leur champ visuel. (Sur un vieux plan de Paris, je retrouve le nom : la rue du Maine, ça ne peut être que celle-là.)

Alors nous avons couru dans l'autre sens, vers le boulevard Montparnasse. À vingt ans on court vite, on retombe sur ses pattes comme un chat. Nous avons disparu dans Paris.

Nous sommes rentrés dans la turne. Jean-Mi a éclaté en sanglots.

– Je l'ai tué. J'ai tué mon boss... Putain il s'est même pas défendu, je suis rentré dedans comme dans du beurre, je savais pas qu'il était si mou, si faible.

Il voulait aller à la police, se constituer prisonnier, expier, faire trente ans de taule. Nous l'en avons dissuadé, c'était un accident, d'ailleurs nous étions là, avec lui, aussi coupables que lui. Nous avons bu une bouteille de Martini qui traînait et nous avons dormi tête-bêche, sans nous déshabiller.

Nous nous sommes réveillés angoissés, incrédules. Nous étions des assassins.

Les jours qui ont suivi j'ai acheté *France-Soir* et *Le Parisien libéré*, pour voir si on avait trouvé le corps d'un nommé Pateau dans la rue du Maine et si les témoins avaient vu s'enfuir trois jeunes gens, deux garçons et une fille. Il aurait été facile ensuite de retrouver ceux qu'on avait déjà pincés à Cannes. J'épluchais chaque page de journal, mais rien.

Les semaines ont passé sans qu'on nous inquiète. Superstitieusement, nous n'avons pas utilisé l'argent volé dans le blouson de Willy. Quelque chose s'est disloqué dans notre trio. Nous partagions un sale secret, le visage de l'autre était aussi coupable que le nôtre, en miroir.

Catherine a sous-loué un petit studio dans le dix-huitième. Jean-Mi a disparu. Peut-être s'était-il engagé dans la Légion étrangère comme ces criminels de droit commun qui veulent échapper à la justice. Mais je doutais qu'il y ait en lui quelque aptitude à la discipline.

J'ai repris plus sérieusement mes études. J'ai fait des rencontres, à Saint-Germain-des-Prés et ailleurs. J'ai commencé à écrire de petits textes. Une ambition sociale, mêlée de culpabilité, s'est forgée en moi en chemin.

– J'ai une bonne nouvelle, m'a dit Catherine au téléphone. Retrouve-moi au Flore, ça va j'ai un peu d'argent.

C'est dans ce café que Willy, chasseur de jeunes têtes, nous avait repérés et enrôlés dans son escroquerie.

– Il n'est pas mort. Tu te souviens d'Anne, la fille qu'on avait rencontrée ici avec Willy, je suis tombée sur elle, elle l'a vu dans le métro. Pas reluisant, presque clochardisé. Mais vivant. Il lui a dit qu'il avait eu une mauvaise passe, qu'il allait se refaire…

Rescapés.

Étant sans nouvelles de lui, nous ne pouvions en informer Jean-Mi. Finalement il m'a envoyé une carte postale, représentant un paysage rural de Catalogne :

« Salut Lausanne. Ici je fais la cueillette des tomates. La vieille bonne femme toute courbée à la gauche de la photo, c'est moi ha ha ha. Je t'embrasse ainsi que la Souris. »

Il y avait un numéro de téléphone. Je suis tombé sur une voix espagnole rugueuse et après un ou deux dialogues de sourds, c'était Jean-Mi à l'appareil.

– Tu ne l'as pas tué.

Un silence. Puis j'ai entendu un grand rire forcé, presque désespéré.

– Dans le métro ? Pauv' type, alors il a dû le vendre son tas de boue…

Nous avions rêvé, nous n'étions pas coupables. Pas de cela en tout cas. Mais nous étions changés, déflorés, les saisons de l'innocence et du partage étaient finies et les chemins que nous devions prendre allaient nous séparer.

Après avoir été voir ma mère à Ouchy, je prends le TGV de Genève à Cannes.

J'ai raconté à ma mère des moments de ce récit, et les mots tombaient dans son silence comme des flocons de neige sur un paysage. De quel droit lui en voudrais-je ? Elle m'a passionnément aimé, elle a fait son possible, l'humour lui était étranger, elle a cru à certaines valeurs. Elle n'a jamais accepté mon homosexualité, pour elle les homos sont en général des bourgeois oisifs qui dévoient et achètent des jeunes gens du peuple, ce qui parfois se retourne contre eux : ils sont assassinés par un mercenaire dans un mauvais lieu. Et puis elle aurait voulu avoir des petits-enfants. En la quittant, comme chaque fois, je lui ai fait mentalement mes adieux.

En face de la gare de Cannes, je reconnais l'hôtel des Voyageurs, celui où nous logions quand nous avons été arrêtés. Pas de Jean-Mi.

Son portable est sur répondeur. Je traverse la voie ferrée par un tunnel piétonnier, et me retrouve dans un quartier qu'on appelle alternatif, avec des boucheries halal et des barbiers tunisiens. Je me fais raser par l'un d'eux, friction et massage du cuir chevelu, avec la sollicitude que témoignent les Arabes aux gens d'âge. Plus loin, quelques vieux Provençaux achèvent leur existence dans un pâle soleil d'hiver. Depuis que je ne suis plus jeune, quand je vois des retraités assis sur des bancs ou sortant lentement d'un commerce, je m'écarte effrayé, comme on évite des membres de la famille dont on a honte.

Je reviens à la gare où Jean-Mi m'attend, le visage inquiet. Il s'excuse de son retard, il a dû passer au port Canto sur le yacht et il se plaint des caprices féodaux du prince saoudien. Il veut regagner La Napoule en bus mais je décide que nous prenons un taxi. Le chauffeur, avec toute sa faconde méridionale, nous arnaque de quatre-vingts euros.

Le propriétaire de l'hôtel où Jean-Mi m'a retenu une chambre est un vieux bonhomme affable. Il me demande si j'ai besoin du wi-fi, mais je préfère avoir la paix pour quelques jours.

Jean-Mi m'emmène dans un bistrot de mer, simple mais savoureux. Nous mangeons du loup grillé. Il veut absolument parler du passé.

– C'est les meilleures années que j'ai eues.

– On dit toujours ça de l'extrême jeunesse, tu ne crois pas ?

– Ben non, parce que moi avant de vous connaître, je n'étais pas heureux, pas du tout. Après que j'ai quitté la vieille, j'aurais pu très mal tourner, virer voyou ou proxo, ou faire des passes. C'est ce salaud de Willy qui m'a sauvé, m'a éduqué, m'a appris à me tenir. Dire que j'ai failli le tuer René, ça fait peur.

– Et ta mère, tu l'as revue ?

– Une fois. Non, deux, mais la deuxième, très courte. Longtemps qu'elle est morte. Les Roms ne m'ont pas invité à l'enterrement. Qu'est-ce que j'ai morflé quand j'ai cru qu'il était mort Willy. Je fuyais, je me fuyais moi-même, je travaillais dans des fermes en Espagne, c'était encore l'époque de Franco, il y avait des statues de lui à cheval partout, je me souviens, les chevaux avaient des grosses couilles de bronze. Je regardais ma figure dans la glace : toi tu as tué un homme. Jusqu'à ce que Catherine m'appelle pour me dire.

– Ce n'est pas Catherine qui t'a appelé, c'est moi.

– Ah non c'est elle, je suis sûr.

Je pense que non. Mais peut-être a-t-il raison. Tout cela n'est-il qu'une nuée d'impressions errantes, fugacement cristallisées en un point, avançant en zigzag et en ricochets ?

– Autrement, et ta vie ? Tu as un copain, un compagnon ?

En me posant cette question, qui veut témoigner de sa liberté d'esprit, ses traits paraissent étonnamment jeunes et candides. Comme si un autre visage, antérieur, venait sourdre jusqu'au sien.

J'hésite puis je lui dis à voix basse :

– Tu étais beau.

De cela je suis sûr, l'épaisseur des sourcils et des cils, et cette peau un peu bistre que lui donnent ses origines.

Il tient à régler l'addition. Les largesses d'Abou Dabi sans doute.

Il m'invite sur son bateau, arrimé au bout du quai du port de plaisance. Je ne connais rien en bateaux. Celui-ci, un Grand Banks dit-il, a une douzaine de mètres, il s'appelle *Nana*.

– C'était qui, Nana ?

– Personne. C'était son nom.

Jean-Mi m'abreuve de détails techniques que j'écoute d'une oreille : double moteur, hydrogénérateur, toit amovible par temps clair…

– Je l'ai payé pendant dix ans, je viens juste de finir. C'est une bête qui vaut ses quatre-vingt mille balles.

– Alors toi aussi tu es propriétaire.

– Je mourrai dedans. Mais en haute mer.

L'intérieur est exigu et bien tenu. Il a dû faire le ménage à fond pour ma visite ? Dans le coin cuisine, s'alignent des conserves, des bocaux de condiments et de fruits cuits, du café, de quoi tenir.

Il y a aussi une photo où il pose avec Catherine dans un restaurant, ils ont la quarantaine, l'une de leurs escapades érotiques j'imagine. Et celle d'un beau ténébreux, sans doute ce fils qui le méprise du haut de sa Californie.

Son portable sonne.

– Fait chier çui-là.

Il répond, dans un anglais rudimentaire : « Yes… Yes, it is possible… » Il raccroche.

– C'était Abdallah, le fils du sheik. Il me dérange à pas d'heure. Il a engagé un équipage de bras cassés.

Il sort du réfrigérateur une bouteille de limoncello que nous sirotons, assis sur l'étroite banquette de moleskine. Le lit-bateau est d'une seule personne.

– Tu vois, je ne pouvais pas te recevoir. On a passé l'âge des acrobaties.

– Personne ne vient ici ?

– Je me suis habitué à être seul.

– Plus rien ? Un homme vigoureux comme toi. Un séducteur.

– Te fous pas de moi. J'ai une copine, bon elle a soixante ans, qui tient une auberge dans l'arrière-pays, à Flayosc, j'y vais de temps en temps. Ne regarde pas les bouquins, c'est que des manuels de navigation. Ah j'ai reçu le tien. Tu veux bien me le dédicacer ?

J'écris :

« À mon ami Jean-Michel Maillard, qui m'a fait débuter dans la vie.

Lausanne. »

En lisant, ses yeux s'embuent.

– Ça te tente une balade en mer, jusqu'en Corse, à L'Île-Rousse ?

– Si loin que ça ?

– Avec mon engin on peut aller jusqu'à Gênes.

L'alcool nous a assommés. Je rentre à l'hôtel, en titubant un peu, dans les rues désertes de La Napoule.

Le temps est splendide et la mer d'huile jusqu'à L'Île-Rousse. Jean-Mi, coiffé d'une casquette, pilote son bateau *Nana* en loup de mer éprouvé. Évidemment, je me trouve un peu comique en figure de proue fendant les flots. Mais c'est un sourire qui m'habite, un accord ironique avec moi-même, on ne peut pas toujours se regarder sévèrement.

Partis à six heures du matin, nous arrivons à Ile-Rousse en début d'après-midi. Refusés dans tous les restaurants, nous sommes finalement tolérés par le patron d'une trattoria miteuse. Je commande une lasagne que j'abandonne vite et Jean-Mi des spaghettis aux fruits de mer. Les coquillages sont douteux, à peine ouverts, je les lui déconseille mais affamé il avale toute l'assiettée.

Nous devions visiter la ville et ses remparts et dormir à l'hôtel, quand un nouvel appel d'Abdallah contrarie nos projets. Le despote oriental exige le retour de Jean-Mi qui lui est devenu indispensable. Jean-Mi consulte la météo sur son portable, elle n'est pas fameuse, mais on doit s'en retourner si on veut arriver avant le lendemain, le prince étant matinal ou insomniaque.

Le temps a changé en quelques heures quand nous appareillons. De ces moments où la Méditerranée se plombe, perd sa lumière d'éternel été, devient anthracite.

La mer est encore calme, d'un calme sinistre. Puis le ciel crève, la pluie commence à tomber, de plus en plus forte, diluvienne.

Jean-Mi ne se sent pas bien. Il me demande de tenir la barre quelques instants. Il va aux toilettes, vomit son repas.

– Saloperie de fruits de mer.

De bistre, son teint est devenu olivâtre.

Le vent souffle plus fort.

– Il est à plus de quatre-vingt-dix à l'heure.

– On est à combien de la côte ?

– Vingt-cinq miles nautiques, quarante bornes. Aux trois quarts du chemin. Je me sens pas bien René.

Il est en sueur, il claque des dents. Il ne tient plus debout, doit s'allonger sur le lit.

– Toi prends la barre.

– Moi ?

J'obéis, terrifié. La mer a grossi, l'écume s'installe, les moutons se disséminent alentour, les vagues se creusent, s'allongent, montent en arêtes, soufflées en traînées sur l'eau.

Je ne dirige, je ne maîtrise rien. Face à moi il n'y a plus que des murs d'eau grise, comme si le bateau était au fond d'un gouffre, dans une prison colossale qui se construit et se disloque sans cesse.

Jean-Mi, vaincu et grabataire, lance des injonctions que je n'entends presque plus.

– Prends le cap !

– Le quoi ?

– Ne bouge pas, reste droit, stationne, joue sur la barre !

– Je ne vois plus rien, c'est fini Jean-Mi !

Nous allons mourir, nous ne pouvons pas être les plus forts face à ce chaos, ce monstre.

Mais à présent le bateau n'est plus au fond de l'abîme, il a surgi, il chevauche le déluge.

Et soudain je n'ai plus peur. Tout craque autour de moi, boiseries, ferraille, cordages, les pâtes de fruits dégringolent. Et je suis immobile, en suspens, comme le nautonier d'un vaisseau fantôme. Ce n'est donc que cela, ce passage, ce dernier guichet de la vie. Nous allons disparaître en mer, on ne retrouvera pas nos corps, il n'y aura pas d'enterrement, ni fleurs ni couronnes, ni éloge funèbre, nous ne serons pas pesés dans la balance et jugés insuffisants.

Comme si je n'avais pas vécu. Ou il y a longtemps, ou pas encore. Je n'ai pas fait de testament, mes livres seront vendus à l'encan, ils n'ont pas d'ex-libris.

Non. La nuée est partie ailleurs, vers l'Italie. Je la vois s'enfuir, boucher l'horizon noir puis s'évanouir. C'est l'aube d'un jour lavé. On aperçoit distinctement la côte maintenant, je reconnais la Croisette, l'hôtel Carlton, les coupoles symétriques de la façade du palace, une vitrine balnéaire trempée par les pluies nocturnes, comme une carte postale gondolée, aux couleurs diluées.

Nous arrivons dans le port de plaisance. Avec cette tempête personne n'est sorti. Nous sommes trop fatigués pour jeter la corde qui arrime le bateau. Il dérive doucement, tosse un peu contre le quai.

Je m'écroule sur le lit à une place. Aussitôt Jean-Mi et moi nous agrippons l'un à l'autre, dans l'épuisement heureux des survivants, nous nous ramassons ensemble dans cet espace compté qui devient notre refuge.

– Tu vas mieux ?

– Un peu. J'ai honte. Et toi ? Tu nous as sauvés.

– Il y a des miracles pour les handicapés.

– Tu crois en Dieu, René ?

– Je ne me suis jamais vraiment posé la question.

– Moi je crois qu'il y a quelque chose.

Nous sommes deux gisants, sans la solennité mortelle des figures de pierre, plutôt deux lutteurs vivants et débraillés, qui partagent ce qui reste de vivres sur un radeau de fortune. On ne doit pas être beaux à voir, grotesques peut-être. Mais justement personne ne nous voit, ne nous juge. Il n'y a rien d'érotique dans notre étreinte, rien de cette précarité du sentiment amoureux, de l'inquiétude et du qui-vive de l'amour. Je sens se déployer en moi un bien-être étale, une plénitude jamais connue, un bercement sans fin porté par la légère rumeur aquatique sous la coque. Le temps s'arrête, au-delà de l'oubli et des défaillances de nos mémoires, accueillant toutes les décennies depuis nos vingt ans et ces années où nous nous sommes méconnus, ne faisant plus qu'une trame unique qui les rassemble toutes en cette minute.

On ne peut pas, sans déchoir, mentir à ceux qu'on a connus au début de la vie. On ne peut pas leur imposer le roman de notre existence, qu'on l'embellisse ou qu'on le déprécie. Ils ne croiront ni le meilleur ni le pire. Ils nous verront toujours dans notre ébauche et dans notre promesse, de ces promesses que l'on ne peut jamais tenir.

Jean-Mi et moi avons passé plusieurs mois sans nous revoir. Il s'apprêtait à monter à Paris quand a éclaté le séisme sanitaire qui a enfermé la terre dans une relégation inédite. Nous étions donc « confinés », lui dans son bateau, moi dans mes livres.

Je fais les courses dans mon quartier, la voix assourdie par un masque, parmi d'autres silhouettes sans visage. Je prépare n'importe quoi, que je mange debout dans la cuisine. À espace réduit, temps béant, inconnu, sans date. Un autre temps, un temps dans le temps, avec des moments où brusquement le courant s'accélère, où j'entends un bruit proche de cataracte, de chute mortelle.

Mais nous communiquons Jean-Mi et moi par des messages, sms ou mails. Ce matin je lui ai écrit :

« Il faut "prendre soin de nous", disent nos contemporains, médecins, politiques, amis. Comme si nous nous étions laissés nous-mêmes à un abandon physique et moral, autant que nous avons abîmé le monde qui nous entoure. Comme s'il fallait se sentir coupable et payer la note très salée de nos erreurs et de nos crimes.

Je crois malgré tout en l'homme, même s'il est un prédateur, je le préfère aux animaux et aux plantes. Il lutte pour sa suprématie contestée, humiliée. Mais ce tocsin de fin du monde, c'est forcément un début, un éternel début. Il n'y aura pas d'homme nouveau, au mieux un être qui se révélera plus sensible par une conscience plus grande de sa fragilité. Et cela ne me donne aucune sagesse, aucune sérénité quant à l'avenir, seulement une curiosité accrue et le désir de demeurer vivant. Alors mon cher, prends soin de toi comme ils disent car à notre âge, on nous le répète assez, nous sommes une espèce menacée. »

Composition réalisée par Belle Page

CET OUVRAGE
A ÉTÉ ACHEVÉ D'IMPRIMER
SUR ROTO-PAGE
PAR L'IMPRIMERIE FLOCH À MAYENNE
EN MAI 2021
POUR LES ÉDITIONS FAYARD,
13 RUE DU MONTPARNASSE,
75006 PARIS

PAPIER À BASE DE FIBRES CERTIFIÉES

Fayard s'engage pour l'environnement en réduisant l'empreinte carbone de ses livres. Celle de cet exemplaire est de :
650 g éq. CO_2
Rendez-vous sur www.fayard-durable.fr

N° d'impression : 98734
61-8078-9/01
Imprimé en France